TAKE
SHOBO

セレブ社長と偽装結婚

箱入り姫は甘く疼いて!?

御子柴くれは

ILLUSTRATION
上原た壱

セレブ社長と偽装結婚
箱入り姫は甘く疼いて!?

CONTENTS

MITSU YUME

イラスト／上原た壱

セレブ社長と偽装結婚

箱入り姫は甘く疼いて!?

序章　その物件、貸してくださいませ！

不動産屋の前に仁王立ちになり、かれこれ二十分近くもガラス窓に貼られた物件情報とにらみ合っていたことを不審に思われたのか、唐突に扉が内側から開かれた。

「お客さま。お部屋をお探しでしたら、こちらにもたくさんありますよ」

中から出てきたスーツ姿の男性が、そばかすの浮いた人懐っこい笑顔でそう促す。〝三《み》浦尚人《うらなおと》〟と書かれたネームプレートを提げているから、この『三浦不動産』の責任者なのかもしれない。

「でも、接客中ではございませんの？」

そっと店内をのぞきながら言うと、三浦が苦笑する。

「ああ……それを気にされて入っていらっしゃらなかったのですね」

小さいながらも地元密着型らしいこの不動産屋に目をつけ、開店と同時に足を踏み入れようとしたところ、既に先客がいたのだ。こちらもスーツ姿の男性だったが、三浦のものより上等な生地を使用しているであろうことが、窓越しからでもうかがえた。うしろ姿しかわからないが、中肉中背の三浦に対して、背も高く肩幅も広い。開店前から店にいたこと、三浦と親しげに話していたことからして、個人的な付き合いでもあるのだろうか。

先客の男性に目を向けていたからか、三浦が申し訳なさそうに言ってきた。

「あちらはすぐに済みますので、どうぞ中で座ってお待ちください」

「……そうですか。では、失礼いたしますわ」

三浦に案内されて、狭い店内にあるカウンター席に座る。

くだんの男性の隣だったが、彼のほうは間取りの描かれた図面に、じっと見入っている。あとから来た客には興味がないのか、こちらには一瞥《いちべつ》もくれなかった。その真剣な面差しは、思わずこちらも魅入ってしまうほどきれいに整っていた。

「こちらが港区の物件情報です。お待ちいただいている間、どうぞご覧ください」

三浦が目の前に出してきた物件情報の束にはっとなり、琴音は隣の男から視線をはずした。ぺこりと丁寧に頭をさげてそれを受け取ると、さっそくぱらぱらとページをめくっていった。

しかし希望の条件となると、目の玉が飛び出そうなほど家賃が高い。親友の綾香《あやか》が住んでいるようなひとり暮らし向けの部屋は、無理をすればなんとか払えそうだったが、それでも実家と同じ西麻布の物件の賃料はどれも高額だった。けれどこれまで西麻布から出たことがなかったから、今さら別の街に住む気にはなれない。だから琴音は、地元の物件に特化しているらしい、この不動産屋をわざわざ選んだのだ。

ため息をついて思考の渦から現実に頭を切り換えると、横から男ふたりの会話が聞こえてきた。こちらに気を遣っているのか、両者とも声を潜めている。

「だからお前だけが住めばいいじゃないか」

「5LDKの部屋に俺ひとりでか？」

隣の男が皮肉そうに言った。友達のような気安い口調なので、やはり三浦は彼と親しいに違いない。同じ年ぐらいだろうか、ふたりとも三十代半ばに見える。

しかしそれよりも、5LDKという理想の間取りに興味を引かれた。

「既に買っちゃったんだから仕方ない。諦めるべきだと、僕は思うけどね」

「簡単に言ってくれるな。あらかじめ決められていたとはいえ、想定外の事態が起こったんだ」

どうやら隣の男はこの西麻布に高級マンションを買ったはいいが、なんらかの理由により、持て余しているらしい。気づけば身を乗り出して耳を澄まし、彼らの話に聞き入っていた。

「このさいだから、いっそ賃貸にでも出したら？」

「うーん、そういう手もあるか。事情が事情だから、借りてくれるならもう家賃はいくらでも構わないよ」

自虐的に笑う隣の男に三浦が返答しようとしたときには、琴音は既に席から立ちあがっていた。がたたんと、椅子を引く激しい音が店内に響く。

「その物件、貸してくださいませ！」

呆気に取られた顔でこちらを見つめてくる男ふたりに、鼻息も荒くまくし立てる。

「わたくし、野宮琴音《のみやことね》と申します！　南向けの新築で、二階建て以上、角部屋、ルーフバルコニー、オートロック、宅配ボックス、カウンターキッチン、システムキッチン、バス・トイレ別、独立洗面台、追い炊き機能付きのお風呂、浴室乾燥機、もちろんフローリングで床暖房、シューズインクローゼット、ウォークインクローゼット、ペット可、楽器可、高速ネット環境完備、駅から近くて、周辺の商業・公共施設が充実していて、免震・耐震・制震性もあり、さらに執事と家政婦がついていれば文句はありませんが、何よりも安い物件を探しているのです！」

しんと、場が鎮まる。あまりに常識知らずの無茶な条件に、三浦のほうは開いた口がふさがらないようだったが、隣の男は一瞬だけ驚きに目をみはったものの、逆に面白そうに口角をあげた。

「野宮、琴音さん？」

「はい！」

確認するように言われ、琴音は素直にうなずく。

女子校育ちの彼女は男性からフルネームで呼ばれることに慣れていなかったが、部屋を手に入れるためならば、これからはどんなことでも受け入れようと心に誓っていた。

男は椅子をこちらに向け、値踏みするように琴音を見あげた。

緊張からか、琴音はこくりと喉を鳴らす。真正面から見ると、男が想像していた以上に整った顔立ちをしていることがわかった。一見男らしいのに、中性的で妖しげな魅力も同時に備えた不思議な雰囲気をまとっている。

「俺のマンションなら、いまの条件はほとんど当てはまるよ」

「本当ですか⁉　では――」

「ただし、こちらにもふたつ条件がある」

ぱっと顔を輝かせた琴音の言葉をさえぎり、男が先を続けた。

「まずは俺とルームシェアをすること」

「おいっ……正臣《まさおみ》!」

ようやく我に返ったらしい三浦がとめに入るも、正臣と呼ばれた男はそれを手で制してしまう。

「もうひとつは、俺の婚約者のふりをすることだ。このふたつの条件を呑んでくれるなら、部屋は無料で貸してあげるよ」

「正臣!　そんな条件、現実的にあり得ないだろう⁉　いい加減に――」

「尚人は黙っててくれ」

正臣は三浦をそうなだめると、琴音に向き直った。意地悪く口の端を持ちあげて笑っている。

「どうかな?　ちなみに俺の名は久世《くぜ》正臣で、契約期間は俺の婚約者が戻るまでだ」

なぜか挑発するような口調で言う正臣を前に、琴音は迷うことなく口を開いた。

第一章　男のひとと同居なんてあり得ません！

それは琴音が『三浦不動産』を訪れる前の晩のこと。琴音は厳重な家の警備の隙を縫って、家出を決行しようとしていた。

「琴音、気をつけて！」

親友の声だった。潜められてはいたが、琴音はひやりとして動きをとめた。苦労してよじのぼってきた板塀からおりようと、片足を瓦屋根から出したところだった。

「静かにしてください、綾香！」

路上に停めてある軽自動車の傍に立っている綾香にひと言注意してから、そろりと家のほうに目を向ける。広い敷地内に格式張った屋敷が建っているが、今は真夜中なので月明かりにその輪郭がぼんやりと浮かびあがっているだけだ。外灯がつく気配もない。秋の心地よい風が、そよそよと庭の木々を揺らしている。どうやら誰にも見つからずに済んだらしい。黒沢にでも出会ってしまったら厄介だ。

琴音はほっと息をつくと、地面に向かって飛び降りた。ひやひやしている綾香をよそに、日頃から家で武術の稽古をしていた琴音は軽々と着地を決める。

「お待たせしました。早く車を出してください」

「わ、わかった！」

琴音に急かされ、綾香は慌てて運転席に座り、エンジンをかけた。助手席の鍵を開けると、琴音がすかさず乗り込んでくる。

「本当にいいのね？」

綾香が今日何度目かになる確認をするが、琴音の決意は揺るがなかった。

「いいのです。お願いいたします」

凛とした表情でまっすぐ前を見つめる琴音を横目に、綾香は諦めたようにアクセルを踏み込んだ。


「ここが、アパートというものなのですね」

綾香がエンジンを切った場所で、琴音が感慨深げに目の前の建物を見あげた。築十数年は経っているであろう、ごく普通の木造二階建てのアパートだったが、彼女にはすべてが珍しく感じられていた。

「今日は泊めてあげられるけど、さすがに毎日は無理だよ。車も彼氏に返さないと……」

「今夜だけで結構ですわ。明日朝一番に不動産屋さんに行きますから」

車を降りて外の空気を吸うと、自由を謳歌している気分になる。

ワンピースにジャケットという身ひとつで家を出てきたので、荷物は何もなかったけれど（実家にあるものは実家のものだからと考えたのだ）、これから自分だけのものをそろえていけると思うとわくわくしてきた。

しかし綾香は、そんな意気揚々としている琴音を案じているようだった。綾香の部屋があるという二階への外階段をのぼりながら、心配そうに聞いてくる。

「でも琴音……箱入り娘ならぬ箱入り姫のあんたが、普通のひとと同じような生活を送れるとは、やっぱり思えないわ。いまならまだ引き返せるわよ」

「そのあだ名で呼ばないでくださいませ！　わたくしは至って普通の女の子ですわ！」

むっとした琴音に、綾香がため息をつく。

「旧家のお嬢さまがよく言うわよ。家から一歩も出してもらったことがないくせに。いまどき執事がいる家なんて、そうはないのよ」

「ただ公家の家系だというだけです！　それに寄り道は禁止ですけれど、学校には毎日行けるんですから！　黒沢も代々うちに執事として仕えてくれているだけですのよ。運転手や秘書の仕事もこなしますから、お父さまが重宝しているのです」

「それが普通じゃないっていうの」

綾香は二階の一番奥の扉の鍵を開けた。まず現れた人ひとり分しか入れないほどの玄関に、琴音は驚いてしまう。綾香が電気をつけると、六畳ほどの一間が映し出された。急なまぶしさに目を瞬いたが、すぐに目は慣れてきて、部屋を見て愕然とする。

「ずいぶん狭いのですね……」

率直な感想に、綾香が苦笑する。

「西麻布で大学生が住めるアパートは、ワンルームが相場なの。とにかく入って。話は中でゆっくり聞くから」

「お、おジャマいたしますわ」

シューズボックスのない玄関には綾香の靴がところ狭しと並べられていたから、琴音は靴を脱ぐことから手間取った。部屋にあがってみると、本棚やキャビネットなどの家具がぎゅうぎゅうに詰め込まれているうえに洗濯物までさがっていて、居心地悪いことこのうえない。隙間を探してようやく小さなキッチンの前に腰をおろすと、綾香が横の冷蔵庫から缶ジュースを取り出してくれた。

「それで、〝理由はあとで説明するからとにかく迎えにきて〟ってメールにあったけど、いったい何があったの？　どうやら私は家出の片棒を担がされたみたいね」

同じジュースの缶を手にして向かいに腰をおろした綾香に、琴音がぽつりぽつりと話し始めた。

「実は……わたくしは生まれたときから親に決められた婚約者がいたのです」

「まあ、野宮家ならあり得ることね」

「ええ。だからほかの男性と関わらないようにと、ずっと女子校に通わせられてきたのです。もちろんそれだけが理由ではありませんが……」

「でもそのおかげで、私は琴音と出会えたからうれしく思ってるよ」

「綾香……」

率直に感情を伝えてくれる綾香を前に、琴音がはにかむ。これだから、琴音はこの親友が大好きなのだ。そして綾香もまた、琴音に対して同じように思ってくれているはずだ。

幼稚園から高校まで周囲から浮いた存在だった琴音は、いつもクラスメイトたちから遠巻きにされていた。話しかければ返事はしてもらえるけれど、皆、恐縮するようにすぐ去っていってしまうので、いつしか自分から行動を起こすことをやめた。

それもそのはず、野宮家は理事に名を連ねていることから学校でも有名だったし、黒沢が琴音に悪い虫がつかないよう、近づく人間をまるで威嚇するような送り迎えを毎日するものだから、琴音は知らず周囲から恐れられるようになっていたのだ。

まっすぐに切りそろえられた前髪に、耳元に房を残した長い黒髪は、まるで平安時代のお姫さまを連想させ、尊崇《そんすう》の念に拍車をかけていたと言っても過言ではない。それに反して顔立ちはビスクドールのように愛らしかったのだが、長い睫毛を持つ大きな双眸《そうぼう》も、深みのある茶色の虹彩も、慎ましやかな鼻も、薔薇《ばら》色の頬も、ぽってりとした唇も、畏まる相手にはなんの感慨も抱かせることはなかった。せいぜい〝箱入り姫〟と陰で揶揄《やゆ》されるだけだ。

毎日、家と学校との往復だけという空虚な学生生活の中で親友と呼べる存在ができたのは、清涼《せいりょう》女子大学に入ってからのことだ。同じクラスの山崎《やまざき》綾香は、一浪しているので琴音よりも一歳年上だった。ショートヘアに切れ長の瞳が特徴的で、高身長なうえにスタイルが抜群にいい。ファッションもTシャツにジーンズなどラフなものが多いが、小柄な琴音と並ぶとまるで姉妹のようで、そのせいか綾香が姉のように屈託なく琴音に接してきて、ふたりはすぐに仲良くなれたのだ。厳格な琴音の家の事情があるから、外へ遊びに行くようなことはなかったけれど、大学構内ではいつも一緒にいた。示し合わせて同じ講義を取ったこともある。苦学生の綾香とお嬢さま育ちの琴音では、会話に齟齬《そご》が生じることがもちろん幾度となくあったが、そのぐらいでふたりの友情が壊れることはなく、むしろ互いに知らないことを教え合い理解を深めていった。

そんな綾香に今回、琴音は初めて一方的なメールを送りつけたのだった。

こんなわがままを聞いてくれるのは、あとにも先にも綾香しかいなかっただろう。それほどまでに琴音は、綾香を信頼していた。

「大学卒業までは猶予があると思っていたのですが突然、明日の土曜日、我が家で婚約パーティーが催されることになったのです」

「明日は——琴音の誕生日じゃない」

さすが綾香だと褒《ほ》め称《たた》えたい気持ちに駆られたが、いま重要なのはそこではなかった。

「そうです、そのことなのです。父と母が話しているところを偶然耳にして、わたくしにはいつも通りに誕生日会が開かれると思わせておいて、密かに婚約発表をするつもりなのだということがわかってしまったのです」

「それは……つらいわね」

「でしょう？　だからわたくしは家を出ることを決意しました。これからは何にも縛られず、ひとりで生きていきますわ！　インターネットで生活に必要な情報や物件、仕事だって調べられたのですから！」

琴音は気合いを込めてぐっと拳を掲げたけれども、綾香は眉根を寄せうーんと首をひねった。

「それ以前に、あらかじめ決められていたのに、琴音は結婚したくなかったの？」

綾香は冷静だった。琴音のことを一番よく知っているので、琴音が勢いで家を飛び出してきたことがわかっているらしい。

綾香の洞察力にしゅんとうなだれ、琴音はぼそぼそとではあったが素直に答えた。

「したくないも何も……そういうものだと思い込まされてきたので、そんなふうに考えたことは一度もありませんでした。でもいざ結婚を目の前にしたら、このままでいいのかと迷いが生じたのです」

「相手の素性は？」

「名前も顔も知りませんわ。どうせ半生を一緒にすごさねばならないのだから、いま知る必要はないと思っていましたから。ただ同じ旧家だとは聞かされています」

「なるほどね、家同士の結婚か。つまり琴音は、結婚自体がいやなのではなくて、琴音に内緒で急に話を進めたご両親に怒っているわけだ。遅い反抗期だね」

「そ、そうなのでしょうか……？」

相変わらず的確に分析する綾香を前に、琴音はぱちぱちと大きな瞳を瞬かせる。いま頃自分が反抗期だなんてにわかには信じられなかったが、自分をよく知る綾香が言うのなら、そうなのかもしれない。

綾香はジュースを飲み干すと、空き缶をゴミ箱に投げ入れた。

「とりあえず会ってみたらどう？　好みのタイプかもしれないわよ」

「綾香は自由に恋愛しているから、そういうことが言えるんですよ！　わたくしだって一人前に恋がしたいんです！　綾香に恋人ができたと聞いて、わたくしがどれだけ寂しかったか、あなたにはわからないでしょう⁉」

簡単に言う綾香に、琴音がまくし立てる。

「それにわたくしはいままで、恋というものを一度もしたことがないのですよ⁉　親が決めた婚約者に会ってみたら好みのタイプだったなんて、そんなおとぎ話みたいなこと、あるわけないじゃないですか！　もし婚約発表に立ち合ってしまったら、それこそあと戻りができなくなるのですよ⁉」

前のめりに反論する琴音を、綾香は「ごめんごめん」と軽くいなした。

「でも実際問題、お金はどのぐらいあるの？　大学生がひとりで生活するって、本当に大変なのよ。苦学生の私だって、バイトをかけ持ちすることで、なんとか生活費を稼いでいるんだから」

現実的な綾香の言葉に、しかし琴音は自慢げにふんと鼻を鳴らした。

「貯金ならそこそこありますわ。この半年、花嫁修業をさせられてきたので、当然家事にも自信がありますもの」

　半ば強制的な親の命令で三年生までに卒業単位をほぼ取り終えていた琴音は、四年生のいまは木曜日にあるゼミ以外、大学に行く必要がない。残りの時間は、料理、掃除、裁縫、洗濯、アイロンがけ、家計管理、貯蓄・保険の知識、冠婚葬祭における妻としての心得など、多岐にわたって習得してきていた。

　けれど綾香は少しも納得していないらしい。

「港区の家賃相場を知ってるの？　東京の中で一番高いんだよ」

「それは……」

　綾香の追及に、琴音は言葉に詰まった。

　清涼女子大学は広尾駅の近くにある。港区——西麻布に住めば、徒歩で通えるのだ。だけどそれには、少なくない額のお金が継続的に必要になってくる。いくら家事に自信があるとはいえ、仕事のあてのない自分に、果たしてひとり暮らしなどできるのだろうか。その不安を、親友の綾香は的確に見抜いているのだ。

「琴音、酷なことを言うようだけど、親友の私にも手伝えることには限度があるんだよ。厳しいように聞こえるかもしれないけれど、あんたが心配だからわざとつらく当たっているの。わかってくれる？」

「わかっています、わかっていますけど……」

琴音はうつむいた。自分がいかに無謀なことをしようとしているのか、綾香に言われて初めて気づく。それでも今さら実家に戻る気にはなれなかった。せっかく家出に成功したのだから、これまで親の言う通りに生きてきたぶん、これからは自分の好きなように生きてみたいのだ。結婚相手だって、どうせなら自分で選びたい。そしてできれば、初恋を経験してみたい。閉鎖的な環境で生きてきた琴音にとって、自由な恋は憧れだった。恋がわからないから詳しくは聞けなかったが、綾香に〝彼氏〟がいると知ってから、余計にそう思うようになっていたのだ。

「とにかく今日はもう寝て、頭を冷やしなさい。明日の朝、早くに家に戻れば、まだ引き返せるんだから」

綾香は立ちあがると、ソファに琴音用の寝床を作り始めた。

「……わかりましたわ」

本当はわかってなどいなかったが、これ以上綾香に心配をかけたくなかったから、琴音はそう答えた。

翌朝、綾香が目覚める前に琴音は彼女のアパートを出た。十月の風は曇り空も手伝い、思っていた以上に冷たくて、コートを持ってこなかったことを後悔したけれど、自分を奮い立たせて商店街に向かう。カフェで朝食を摂り、時間を潰してから、不動産屋を探しに外に出た。スマートフォンが鳴り出すことは予想できていたので、あらかじめ電源は切っておいた。

チェーン店らしき不動産屋が多く建ち並んでいたが、ふと通りかかった個人店に貼られた物件情報が気になり、琴音は『三浦不動産』と書かれた看板の前で足をとめたのだった。そして――。

「男のひとと同居なんてあり得ません！」

部屋を無料で貸す条件としてルームシェアを提案してきた正臣に、琴音はぴしゃりと言い切った。理想の部屋が無料で手に入るのなら、ある程度の条件は呑もうと思っていただけに、あまりにも落胆が大きい。しかも婚約者のふりだなんて、いまの琴音には冗談でもきつい。

不動産屋の三浦もまた、節操がないと言わんばかりに声を荒らげた。

「正臣！　自分が何を言ってるのかわかってるのか⁉　初対面の相手でうちの客だぞ⁉もう三十代も半ばなんだから、いい加減落ち着けよ！」

「お前こそ落ち着けよ。お前も同じ歳なんだからさ」

正臣はひとり飄飄《ひょうひょう》としている。理知的な眉を軽く上げ、薄い唇の端を持ち上げている様は、相変わらずひとりだけこの事態を楽しんでいるように思えた。

「そうそう野宮さん、貞操の危機なら心配する必要はないよ」

こちらに向き直った正臣が、矢継ぎ早に言った。

「俺、彼氏がいるから」

「……はあ？」

淑女におおよそふさわしくない呆けた声をあげてしまい、琴音は自分の口元をぱっと手で覆った。

三浦のほうは絶句しているらしく、完全に動作が停止してしまい、再びその場に静寂が訪れる。

両者とも気が動転したのかしばらく目を白黒させていたが、ややあって先に我に返ったのは琴音のほうだった。

「で、でも……先ほど、婚約者のふりをと――」

「うん、れっきとした女の婚約者がいるよ。ただ俺、ホモセクシャルなんだよね」

正臣が少しも悪びれることなく、にかっと笑う。

笑顔が似合う男だと思ったけれど、琴音は話についていけない頭をなんとかフル回転させることで精一杯だった。

「そ、それは、同性愛者……ということですの？」

「まあ、そうだね。端的に言うと、ゲイとかホモってやつ」

「ゲイ……ホモ……」

「下世話な言い方をすると、〝攻め〟ね。俺、サディストだから」

「攻め……」

なんと言っていいのかわからない琴音は、オウムのように正臣の言葉を繰り返すことしかできない。

「女はきらいじゃないけれど、男をより愛せるってことさ」

琴音は唖然とする。世の中にはあらゆる性的嗜好《しこう》を持つひとがいるらしいということは知識として知っていたが、実際に出会ったのは初めてだった。そもそも男性とこんなにも長く話すことさえ、父親と黒沢、教師、そして一部の使用人を除けば初めてに等しい。完全に非日常的なシチュエーションだったが、琴音はこの風変わりな久世正臣と会話することが、なぜかいやではなかった。むしろ好奇心をそそられ、彼の話を聞いていると、大人の世界への第一歩を踏み出せそうな気がしてきてさえいた。

「こ、婚約者の方は、久世さんに彼氏がいらっしゃることをご存知ですの？」

「知らないと思うよ」

正臣の即答に、琴音がきょとんと首を傾げる。

「婚約者に会ったことがないのですか？」

「……ある」

「そのときに彼氏さんのこと、説明はされなかったのですか？　その方に会ってみて、気持ちは動かなかったんですの？」

「はっきりとした説明はしていない。気持ちは自分でも驚くぐらい動いたが……」

なんでもずばずばと言ってきた正臣にしては歯切れが悪かったが、琴音に気にしている余裕はなかった。もしかしたら正臣は、自分と同じ境遇なのかもしれないと思っていたたからだ。

西麻布に豪邸を買える財力を持っているだけでも普通ではないのだから、久世家も野宮家のように家格を重視する家柄なのではないだろうか。そうでなければ、あらかじめ決められた婚約者などいるはずがない。琴音がいい例だ。そのうえ、彼は同性と禁断の恋をしているらしいのだから、問題はより複雑なのだろう。好きな人がいないぶん、琴音のほうがいくらかマシかもしれない。

「大変なご事情がおありなのですね」

ひとまず正臣の気分を害してはいけないと共感の気持ちを表したら、彼は苦笑した。

「うん。実は現在、花嫁逃亡中だからね」

「まあ！」

こんなにもハンサムで甲斐性もありそうな男性から逃げるなんて、琴音には考えられない。性的嗜好にさえ目をつぶれば、理想のパートナーだ。もし自分の婚約者が正臣だったら、素直に承諾できたかもしれないのに——そこまで考えてしまった己を恥じたが、正臣がなんだか気の毒に思えてきたのは事実だった。こんないい人を置いて逃亡するなんて何を考えているのかと、正臣の婚約者に対して憤慨さえしてしまう。できることなら協力してあげたい。

正臣が言うには、くしくも琴音と同じ今日、婚約発表が予定されていたのだが、花嫁となるべき女性が行方不明になったそうだ。相手の実家は大騒ぎで、あちこちに捜索の手を伸ばしているが、未だに見つかっていないらしい。家同士の問題に発展して破談になることを恐れた相手側が、正臣にだけ秘密裏に知らせてきたのだという。

「それで一緒に住む相手のいない家をどうするか、尚人のところに相談に来たわけなんだ。尚人は『三浦不動産』を継いだばかりだが、大学時代からの親友だから信頼もある。こいつの手腕に間違いはないからさ」

当の三浦は話に入るべきかどうか考えあぐねているような顔をしている。先ほどまでの気勢はどこへやら、複雑そうな表情で正臣と琴音を交互に見やっていた。

「ではそのお部屋は、その方がいらっしゃらないと、持て余してしまうということなのですね？」

そう言葉にしたら、なぜかちくりと胸の奥が痛み、琴音は胸中で首を傾げていた。

「そう。だから破格の条件だろう？　一緒に住む気になった？」

正臣がにっと口角を上げる。なんでこの男はこんなにも気安いのだろう。まるで琴音を懐柔しようとしているみたいだ。

彼のペースに巻き込まれてはならないと、琴音は否定の言葉を口にする。

「いえ……まだ、それは――」

「だって、わたくしがわざわざ婚約者のふりをする必要がありますか？　家を持て余しているのであれば、彼氏さんと暮らしたらよろしいではありませんか」

すると正臣は長い足を組み直し、真面目な顔になって話し始めた。

「それがあるんだな。俺は親に婚約者に逃げられたことを知られたくない。親父は特に心臓を患っているから、いま以上の心労を与えたくないんだ。これは婚約発表の場で公にされることだったが、あらかじめ決められた結婚だったから、少しでも早く互いを理解できるようにと、新居で同棲することが決められていた。だから久世家は家を用意しておいたのさ。つまりそこに〝女〟と同居しているという事実が必要なんだ」

「わたくしが婚約者としてあなたの傍にいれば、お父さまが安心されると……？」

「その通り。俺はホモセクシャルだけど、家のために愛のない結婚をすることに決めたんだ。家族からは相手の家とつながりを持てる結婚さえすれば、愛人でもなんでも作っていいと言われているから、いま躍起になって婚約者を捜している」

どう？　と目を向けられ、琴音は考え込んだ。条件に当てはまる物件は喉から手が出るほど欲しい。婚約者の代わりをきっちり務めあげれば、無料で住まわせてもらっているという負い目もなくなるだろう。同居人もホモセクシャルで彼氏がいるのであれば、自分に危害が及ぶことはまずない。あくまで互いの利害を一致させた、一時的なルームシェアにすぎない。本物の婚約者が戻るまでに、生活費を稼ぐための仕事を見つければいい。これは琴音にとって、またとないチャンスだった。

「わかりました。そのお話、謹んでお受けいたします。こちらからもぜひ、お願いいたしますわ」

気づけばそう答えていた琴音に、正臣は人好きのする笑みを浮かべたのだった。

さっそく家を案内するという正臣について、琴音は『三浦不動産』を出た。太陽は既に空の真ん中に来ていて、いつの間にか昼になっていたことがわかる。三浦は最後まで心配そうな顔をしていたけれど（普通に部屋を借りなかったから、不満なだけだったのかもしれない）、ルームシェアを決めてしまった以上は正臣を信じようと琴音は思っていた。

商店街に隣接した駐車場に着くと、数台の車が停まっていた。その中でもひときわ目立つ黒塗りの車に向かいながら、正臣がこちらを振り返った。

「あれが俺の車だから」

車のキーを手でもてあそびつつ、正臣はエスコートするように琴音を促す。

野宮家でも高級車にこだわっているからわかったことだったが（というより実際に運転する黒沢が詳しく、頼んでもいないのに琴音に雑学をよく披露してくれていた）、正臣の愛車はキャデリックのようだ。キャデリックはロールスロイズやメルセデスベント、ランカーンなどと並び、世界を代表する高級車ブランドとして知られている。いったい正臣は何をやっているひとなのだろうと、いまさらながら疑問に思う。

思い切って聞いてみようとしたところで、正臣が紳士的に助手席のドアを開けてくれた。

「あ、ありがとうございます」

黒沢にいつもしてもらっていた行為なのに、正臣にされると乗り方を忘れてしまったみたいに手足ががちがちに固まり、革張りのシートにぎこちなく滑り込む。そんな琴音の姿が相手にどう映ったのかはわからないけれど、正臣は微笑んでドアを優しく閉めてくれた。

運転席に正臣が乗り込んでくると、密室にふたりきりという事実に緊張が増す。正臣は助手席に人を乗せるからか、車を発進させる準備に余念がなかった。先にシートベルトを締め終わっていた琴音は、短いながらも沈黙に耐え切れず口を開いた。

「あ、あの……久世さん」

「正臣」

エンジンをかけた正臣がひとことそう言って、助手席の頭の部分に手をかけてくる。ギアをRに入れたらしく、車内にピーピーと音が鳴り始めた。

「婚約者なんだから、名前で呼んでほしいな。俺も名前で呼ばせてもらうから」

車をバックさせるだけなのに、ぐっと距離が近くなり、正臣の胸元を前にして緊張とは違うドキドキ感が琴音を襲った。正臣はうしろを向いているけれど、目の前で彼のネクタイが揺れているせいで、まるで抱き締められているような気になってくる。さらに正臣がつけているのであろうシトラス系の香水の匂いに、くらくらしてきた。知らない異性がこんなにも近くにいるのは初めての経験だった。しかも相手は自分を名前で呼べという。恋とは、もしかしたらこういうものなのだろうかと琴音が考え始めていたとき、正臣は前に向き直ると、ギアをDに入れた。車が走り出す。

流れ出した外の景色に目を向けることで、琴音はなんとか正気を取り戻した。

「でも、わたくしがするのはあくまでも婚約者のふりですよ」

「だからだよ。できるだけ本物の婚約者を装ったほうがボロが出ない」

「そういうものですか……」

正臣のほうを見ると、彼は窓枠に肘をかけて慣れたように片手で運転している。仕事でいつも車を使っているのだろうか。さっきまでは緊張で吐き気さえしていたのに、今度は正臣に聞いてみたいことがたくさん出てきた。

どのタイミングで話し出そうかと、じっと正臣の横顔を見つめていたら、急にこちらを向いた彼と目が合ってしまう。慌てて目を逸らす前に、正臣のほうから話しかけてきた。

「お互い、ちゃんとした自己紹介がまだだったよね。改めまして俺は久世正臣、三十四歳。仕事は親父と一緒にいろいろな業種の会社を手広く経営しています。で、そっちは？」

「あ、はい！　えっと……わたくしは野宮琴音と申します。二十一……いえ、今日で二十二歳になりました。清涼女子大学の四年生ですわ」

それを聞いたからか、正臣が目をみはった。

「清涼って、あの有名なお嬢さま学校だよね？　確か幼稚園から大学までエスカレーターで行けるっていう」

「はい。お嬢さま学校かどうかは知りませんが、わたくしはずっと清涼でしたの」

「へえ。てゆうか、今日で二十二歳って——誕生日だったの？　いまこんなことしていて大丈夫？」

心配そうに聞く正臣に、琴音は毅然としてうなずいた。

「大丈夫ですわ。わたくしには年を取ったという事実よりも、一刻も早く住める家が必要ですので」

本当は誕生日会から逃げ出してきたのだが、まさかそれを正臣に言うわけにはいかない。家出中の野宮家のひとり娘だと知られれば、家に帰されてしまうかもしれないからだ。

普通なら事情を問いただすところであろうが、正臣はあえて突っ込むような無粋なことはしなかった。

「家の条件に楽器可とペット可を挙げていたけど、何か演奏したり飼いたかったりするの？」

「はい。わたくし、ピアノを弾きますの。ペットはひとり暮らしでは寂しくなるかもしれないから、飼える家のほうがいいと思ったからですわ」

「ふうん。じゃ、朗報だ」

「え？」

きょとんとする琴音に、正臣がにっと口の端をあげる。

「ペットはいないけど、うちにはピアノ部屋があるよ。それもＹＡＭＡＴＯのＧ１Ｅ、白のグランドピアノが置いてある」

「本当ですか⁉」

琴音はぱっと顔を輝かせた。

「わたくし、白いグランドピアノに憧れていたのです！　うちは元は武家屋敷だったものを改装して住んでいるので、西洋の楽器を置くのも最初は反対されて……。黒のアップライトピアノを置いてもらうことにも苦労しましたの。父は未だに、琴音なんだから琴を習え！　なんて言いますのよ」

ははは！　と、正臣が初めて無邪気に大声で笑った。つられて琴音も笑ってしまう。

それからはあんなに緊張していたことが嘘のように会話が弾み、気づいたときには車は高級そうなマンションの駐車場に入るところだった。


てっきり正臣が部屋まで、案内してくれるのかと思いきや、彼は野暮用の消化といくつか電話をかけたいとの理由で、先に部屋へ行っているよう鍵を琴音に預け、駐車場で彼女を降ろすとどこかに行ってしまった。琴音は一瞬にして心細くなってしまったが、本来であればひとり暮らしをするつもりだったのだからと、心を奮い立たせて歩き始めた。

外観は大きなマンションだったのに、駐車場は意外と狭い。車が数台置けるだけだ。都内だから車を持つ家自体が少ないのだろうか。

ブーツの音を響かせながら地上に出ると、まず目に入ったのはきれいに手入れされた生け垣だった。生け垣に沿って歩いていくと、今度は花壇が並んでいた。パンジーやコスモス、リンドウなど、名前の知らない花も含めると十数種類はあるに違いない。より強く香っているのはキンモクセイだ。いまは秋の花だけれど、きっとここだけで季節の花々を堪能できるようになっているのだろう。

ひとしきり花を愛《め》でたあと、琴音はいよいよマンションのエントランスに向かった。『ラ・ペジーブル・ジャルダン』と書かれたオシャレな門柱をくぐり、金の取っ手のついた茶色い両開きのドアを開くと、いきなり声をかけられて驚いた。

「お帰りなさいませ」

思わずうろたえた琴音に、カウンターの向こうに立っている女性が品よくお辞儀をする。髪をうしろに束ねたその女性は四十代ぐらいで、白と黒のお仕着せをまとっている。どうやらこのマンションにはコンシェルジュが常駐しているらしい。琴音はインターネットでマンションの条件を調べ尽くしていたが、これは想定外だった。

「あ、あの……ただいま帰りましたわ」

なんとなく挨拶を返したものの、恥ずかしさのあまり頬に朱が走る。正臣とルームシェアの契約をしたとはいえ、まだ自分は完全にこのマンションの住人とは言えないのだ。

そんなまごついた様子の琴音を不思議に思ったのか、コンシェルジュの女性が問いかけてきた。

「何かお困りでしょうか？」

にっこりと笑う彼女に促され、琴音はおずおずとカウンターまで歩いていくと、正臣から預かっていた鍵を差し出した。ふと見ると持ち手の部分に筆記体で〝ＦＩＶＥ〟と彫られている。

「この部屋に入りたいのですが……」

コンシェルジュの女性のネームプレートに〝片岡〟と書かれているのを見つめながら、琴音は返答を待った。

「こちらでしたら、最上階の五階になります」

片岡が手の平を上にして、エレベーターのほうを指す。

琴音は呆気に取られていた。コンシェルジュと言えば、普通は大型マンションについているサービスだからだ。大きく見えたが、このマンションには五階までしかないなんて、どうりで駐車場のスペースも少なかったわけだ。よほどサービスが行き届くよう配慮された高級なマンションなのだろう。

「五階の何号室ですの?」

片岡が不親切にも教えてくれなかったのだと思って、琴音は改めて尋ねた。

「五階には一部屋しかございません。ほかの階も同様でございます」

琴音は唖然として言葉を失った。各階に一部屋しかないとは、なんて贅沢なマンションなのだ。コンシェルジュが常駐していることといい、これは思っている以上に高いに違いない。正臣は手広く会社を経営していると言っていたが、そんなに羽振りがいいのであろうか。どちらかと言えば家格重視の野宮家に生まれた琴音としては、想像もつかない世界だった。

「大丈夫ですか?」

「え……?」

心配そうな片岡の問いかけに、覚えずぼうっとしていた琴音は顔をあげた。

「あの、わたくしは――」

言いかけて、なんと説明すべきか迷った。おそらく片岡は、五階に住むのは正臣とその婚約者だということを知っているのだろう。だから急に来訪した琴音を不審に思うことなく、対応してくれたに違いない。きっと鍵を持っていることが、婚約者である証になったのだ。

「いえ、なんでもございません。ご丁寧にありがとうございました」

琴音は片岡に礼を言うと、鍵を持ち直してエレベーターへと向かった。


「わあ……」

玄関に入るなり、琴音は思わず歓声をあげてしまった。

広々とした空間にさんさんと太陽の光が射し込み、白い壁と大理石の床を美しく照らし出していた。天井のライトにも精緻《せいち》な細工が施され、夜疲れて帰ってきたときでも明るく迎えてくれそうだ。いくつも靴が入りそうなシューズボックスの上には新鮮な花が生けられており、玄関にはいい匂いが漂っている。

ブーツを脱いでそろえて置き、廊下にあがると、壁にかかった絵画が目に入る。どれも見たことのあるような作品ばかりで、まるで美術館の中にいる心地になった。

なんだか心が浮き立ってきた琴音は、好奇心からあちこちドアを開けて見て回ることにした。

最初のドアはトイレで、もちろん温水洗浄便座だ。雑誌ホルダーには明らかに女性向けと思われる雑誌もそろえられており、正臣の婚約者への気遣いが感じられた。

次のドアは独立した洗面所、バスルームだった。大きな鏡のついた洗面所には赤と青の歯ブラシとコップが一組ずつあり、まるでもうここで新婚カップルが生活しているような感じさえする。最新型のドラム式洗濯機の横を通りすぎ、バスルームのドアを開ける。浴槽はオートバスになっていて、浴室乾燥機までついていた。これなら雨の日の洗濯の心配をしなくて済みそうだ。

そのあとは三つほど洋室が続き、琴音は憧れのウォークインクローゼットをのぞいたり、出窓から景色を見たり、専用ポーチに出てみたりした。どの部屋にも白と黒を基調にしたベッドやソファやキャビネットなどの高価な家具が置かれ（ル・コルビュジェが多かった）、正臣のセンスの良さがうかがえる。またすべての部屋に収納スペースがあり、物が多くても困らなそうだった。

ようやく辿り着いたＬＤＫは二十畳以上あり、対面式のカウンターキッチンになっていた。最新式の冷蔵庫が置かれ、既に食料品が詰め込まれている。またサンルームとバルコニーが併設されていて、日当たりがよく、風通しもいい。ＴＶモニターつきインターホンもあるから、万が一実家にこの場所がバレて、誰かが訪ねて来ても居留守が使えそうだ。

隣は和室になっていたけれど、ここだけは代々続く武家屋敷の良さを残した実家と比べると見劣りした。

いよいよ最後のドアを開け、琴音は再び感嘆の声をあげた。

「正臣さんがおっしゃっていた通り、白のグランドピアノだわ……！」

十畳ほどの洋室の真ん中に、窓から射し込む光を受けた白いグランドピアノが鎮座していた。

一目惚れしてしまい、思わず小走りで駆け寄ると、調律が済まされているのか、正臣が普段から弾いているのか、あれこれ考えながらピアノをあちこち眺めて回る。フタを持ちあげてみれば、光沢のある鍵盤が輝きを放っていた。

琴音は我慢できず、ピアノの前に腰かけた。三つある金色のペダルに足を据え、鍵盤に手を置く。そして思うままに演奏を始めた。弾いているうちに、なんて弾きやすいピアノなのだろうと、ますますこのピアノが好きになった。鍵盤の長さや応答性がアップライトと明らかに違うのだ。構造上、弦の長さや音の出る部分が違うのだから当然だろう。

夢中になって指を動かしていると突然、横から人影が現れ、琴音は驚いて音をはずした。

「次はリストの『愛の夢』か。ピアノ、うまいんだね」

正臣だった。いつの間に部屋に入ってきたのだろう。演奏に没頭していたため、ドアが開く音にも気づかなかった。窓から入る光は、既に床をオレンジ色に染めあげていた。ずいぶん時間が経っていたようだ。

「ご、ごめんなさいっ、長々と勝手に……！」

慌てて立ちあがろうとする琴音を押し留め、正臣は鍵盤に片手を置いた。立ったまま演奏を始め（やはり正臣はピアノを弾けるのだ）、その曲調に琴音は大きく目を見開く。流れてきたのは、『Happy Birthday to You』だったのだ。

「誕生日おめでとう、琴音」

正臣がうしろに隠していたもう片方の手を琴音に向かって差し出した。現れたのは、薔薇の花束だった。

琴音は呆気に取られ、ぼうっとしたまま花束を受け取った。赤い薔薇が二十二本、年の数だけ包まれている。こんなにロマンチックに誕生日を祝われたことは初めてだったので、どう反応していいのかわからなかった。ただ心臓がうるさいぐらいに早鐘を叩いている。両親と綾香以外の人物、それも男性に名前を呼び捨てされたことも一因していた。

「そんな……こんなことまで——ただでさえ、あまりに素敵な部屋で恐縮しておりましたのに……」

なぜか顔が熱くなってきた。うつむき加減になりながらもなんとか紡ぎ出した言葉に、正臣が微笑む。

「気に入った？」

琴音は顔をあげ、ぶんぶんと懸命に頭を上下に振った。

「もちろんですわ！　部屋も、ピアノも、この花も！」

「じゃあ、もうひとつのプレゼントも気に入ってくれるかな」

「えっ……」

戸惑う琴音の手を当たり前のように引き、正臣がリビングへ続く扉を開ける。

「まあ！」

琴音は目をまん丸に見開いてテーブルを凝視した。さっきまでは確かに何も置いていなかったはずのテーブルの上には、ごちそうの山ができあがっていたのだ。苺の載った白いホールケーキを筆頭に、ローストチキン、ローストビーフ、グリーンサラダ、エビグラタン、魚介のピザ、そしてアクアパッツァ、ブルスケッタ、イワシの香草焼きなどのおいしそうな料理がずらりと並んでいる。

「こんなことまでしていただいて……なんと申しあげていいのか――」

琴音はなぜか泣きそうになった。今日出会ったばかりの、それも異性を相手に、どうしてここまで心が動かされるのかわからない。祝ってもらえるはずのない誕生日を祝ってもらえたからだろうか。

「急だったから、たいして用意できなかったんだけどね」

正臣は琴音の手を離すと、シャンパンを開ける準備を始めた。

すっと正臣の体温が遠ざかり、手持ち無沙汰《ぶさた》になった自分を慰めるように両手で花束をかき抱くと、薔薇の花のいい香りが鼻をくすぐった。赤い薔薇の花言葉が『I love you』であることを思い出したけれど、さすがにそこまで図々しく考えることはできなかった。

プレゼントの定番だからに決まっていると、琴音は思い込もうとした。薔薇の花束から意識を逸らすように、再びテーブルに目を向ける。

「……全部、正臣さんがお作りになったのですか？」

気づけば琴音は、予想できたことをあえて質問していた。

「まあね。料理は得意なんだ」

正臣がシャンパンの入ったグラスを渡してくる。もう片方の手を差し出しているのは、花束をいったん預かるという意味だろう。

琴音は素直に花束を正臣に渡すと、代わりにグラスを受け取った。ほのかに香るシャンパンが、グラスの中で小さな気泡をあげている。

なんてスマートな男性だろうと、琴音は思った。まともに異性を知らない琴音にとっては比較しようがなかったが、少なくとも正臣は女性にモテるタイプなのではないだろうか。

百八十センチを超える身長、がっしりとした身体つき、モデル雑誌から抜け出したように整った顔に、流れるような前髪を持つさらさらの髪の毛、そして優しくて思いやりのある性格に経済的余裕……どこを取っても非の打ちどころがない。同性愛者なので、自分が対象外になってしまうのは残念だけれども、こんな正臣にならば、きっと末長く幸せにしてもらえるのではないだろうか。今まで考えたこともなかったけれど、琴音は初めて正臣の本当の婚約者をうらやましいと思った。

「さあ、乾杯だ」

正臣は椅子を引くと、琴音に座るよう促した。

琴音ははっとして、現実に意識を引き戻す。いつも家政婦にしてもらっていることなのに、なぜか恥ずかしくなり、車に乗ったときと同様に手足がばらばらに動いてしまった。

それでもなんとか腰を落ち着けると、正臣は琴音の向かいに腰かけた。ごちそうが並んだテーブルの上でふたりはグラスを合わせる。カチンと小気味よい音がした。

緊張していたのは最初だけで、シャンパンのボトルが空く頃には、琴音はすっかり饒舌《じょうぜつ》になっていた。

「それにしても正臣さんも大変なお立場ですのね。婚約者がいらっしゃるのに、同性の恋人まで……お家が厳しいのはわたくしもよくわかりますけれど」

「それって、琴音の家も実は親に決められた婚約者がいるほど厳しいって意味？」

正臣の的確な問いに、琴音はぎくりとして慌てて首を横に振った。

「い、いいえっ……そういう意味ではございませんわ！　どうか忘れてくださいませ！　わたくしはただ大学に近い家を探していた普通の家の娘ですから！」

ごまかすようにグラスを無理に傾け、話題の転換をはかる。

「それより恋人さんのこと、話してください！　正臣さんと同じ、その……ゲイなのでしょう？」

「恋人のことはいいよ」

しかし正臣はそっけない。恋人を愛人にしたいがために結婚しようとしたぐらいなのに、あまり愛情が感じられない。それとも初対面の琴音には、たとえ婚約者のふりをするルームメイトとはいえ個人的な話をしたくないのだろうか。琴音が疑問に思っていると、正臣が言葉を続けた。

「それより琴音のことのほうがいまは気になる。世間知らずなところとか話し方とか、まるで箱入り娘だよね。いや、箱入り姫か。琴音はまるでお姫さまみたいだ」

「っ……!?」

まっすぐに自分を見つめてくる正臣を前に、琴音は返答に窮した。〝箱入り姫〟は琴音を揶揄したあだ名だから大きらいだったはずなのに、正臣にお姫さまみたいだと真顔で言われてしまうと、なぜか耳に心地のいい響きに変わってしまう。そんな自分の気持ちの変化についていけなくて、琴音はわざと反論を口にしていた。

「は、話し方はともかく世間知らずは心外ですわ！　わたくしだってスマホも持っているし、インターネットで調べものもできるんですから！　あとは恋さえ知れば、もう立派な大人の女性です！」

むうっと頰を膨らませたら、正臣が面白そうにくくっと喉を鳴らす。そんな仕草ひとつに、琴音の頰は自然と朱に染まっていった。けれどそれはあくまでお酒のせいだと琴音は思っていた。あるいはバカにされたせいかもしれない。

「へー、つまり琴音は、まだ恋を知らないんだ」

にやにやしている正臣に、琴音は懸命に言い返した。

「知らないというかなんというかっ……もちろん本を読んだり、ドラマを見たりしてどういうものかは知っています！　ただ、いままでは男性と知り合う機会がなかっただけで……」

「じゃあせっかくだから、俺を実験台にしてみる？」

「え――？」

正臣がテーブルにグラスを置き、一転真面目な顔で琴音を見つめてきた。

「知りたいんだろう、恋？」

「あ……い、いいえ！　それはダメですわ！　正臣さんには恋人がいらっしゃるのですから！」

正臣の鋭い双眸に射貫かれそうになり、ついうなずきかけた琴音だったが、急いで拒否した。

正臣はそんな琴音を、今度は面白そうに見つめている。からかわれただけなのだろうか。酔いの回った頭ではうまく考えられなかった。

正臣との会話はその後も弾み、自然と料理も進んだ。

今日会ったばかりの異性とこんなにも楽しくすごせるなんて、未だに信じられない。けれどいまの自分は仮とはいえそんな彼の婚約者なのだ。まるで本物の婚約者のように扱ってくれる正臣に、琴音はすっかり心を許していた。もし正臣が自分の婚約者だったら間違いなく結婚を承諾しただろうから、自立しようと家出することもなかっただろう。

家出……そこまで考えたところで琴音は途端に我に返り、立ちあがった。

「どうしたの？」

驚いた正臣が、口に運びかけていた料理を取り落とす。

琴音は真っ青な顔で正臣を見た。

「わ、わたくし、スマホの電源を切っておりましたの……！」

それで？　と不思議そうな目を向ける正臣に、どう言い繕おうか琴音は迷った。まさか家出をして、いままさに捜索願いが出されているかもしれないなど、口が裂けても言えない。そんなことを言えば普通に考えて正臣は心配するだろうから、家に帰ったほうがいいと言い出しかねない。

琴音はこのマンションを離れたくなかった。ふりとはいえ、もうしばらくだけ正臣の傍にいたかった。彼のことを知ることによって、恋というものがわかるかもしれない。こんな自分の考えを理解して応援してくれるのは唯一、親友の綾香だけだろう。

「ちょっと、ひとに会ってきますわ！」

綾香なら、両親にもうまく言ってくれるに違いない。頼れるのは綾香だけだった。

「いまから？　もう夜も遅いから、送っていくよ」

脱いでいた上着をつかみ、車の鍵を取り出す正臣を、琴音は慌ててとめる。

「大丈夫ですわ！　同じ西麻布の町内ですので、すぐに戻りますから！」

「でも――」

「お疲れだと思いますし、正臣さんはゆっくりしていらしてください！」

琴音は正臣に返答する間を与えず、転がるような勢いで部屋を出て行った。


昼間あれだけ晴天だったにもかかわらず、空は曇に覆われて月も星も見えなかった。また湿気をはらんだ空気が雨を呼びそうで心配だった。

『ラ・ペジーブル・ジャルダン』は広尾駅まで徒歩二分のところにあり、道もわかりやすかったので、迷うことなく綾香のアパートまで辿り着くことができた。大学にも近く（実家にも近いけれど）、本当に便利なマンションに住めることになった幸運を琴音は心から享受していた。

二階の一番奥——綾香の部屋の窓には明かりが灯っている。普段、土曜日はファミリーレストランのアルバイトをしていると聞いていたので、在宅しているらしいことにまずは安心した。あとは彼氏が来ていなければいいのだが……。詳しくは聞いていないけれど、綾香の彼氏は社会人で、夜はたいてい綾香のアパートに立ち寄るらしい。

琴音は外階段をあがると、おそるおそるインターホンを鳴らしてみた。間もなくドアが開き、綾香が顔を出す。ほかにひとの気配がしなかったから、ほっとしたのも束の間、

「あや——」

「琴音のバカ！」

いきなりののしられ、琴音は呆然として親友を見た。綾香は眉をこれ以上ないぐらいに

吊りあげて、こちらをきつくにらみつけている。

「勝手にうちからいなくなって、どれだけ心配したと思っているの⁉」

思わずうつむく琴音に、綾香が矢継ぎ早に言う。

「私、バイトを休んで一日中、琴音のこと捜してたんだよ⁉」

スマホの電源まで切って、どういうつもり⁉　と、激しい憤りをあらわにする綾香に、琴音はとにかくひたすらに謝るしかない。

「ご、ごめんなさい……わたくしはただ――」

しかし綾香は琴音の言葉など聞く耳を持っていないようだった。

「ただ何？　私のことなんかすっかり忘れて、知らない男と一緒にいたことの言い訳でもするわけ？」

琴音ははっとして顔をあげた。

「な、なぜそれを……？」

「たぶん不動産屋にでも向かったんだろうと思って、広尾駅周辺で琴音を捜していたとき、通りかかった車に琴音が乗っているのを見かけたのよ」

綾香の声に、静かな怒りがにじみ始めた。

「警察にでも届けようかと本気で思ったけど、ずいぶん楽しそうにしていたようだったから、大事になると琴音が困ると思ってやめたわ」

「あ、あのっ……そのことで綾香にちゃんと話しておきたくて、遅い時間ですがここに来たのです……！」

　突き放すような綾香の物言いに、琴音は慌てて説明し始めた。

「その男の人は、ルームメイトですわ。車に乗っていたのは、マンションを案内してくれるためでしたの。わたくし、希望通りの家に住めることになりましたのよ」

　綾香に口を挟む隙を与えないぐらいの早口で、琴音は経緯を詳しく説明して聞かせた。これで綾香の怒りもいくらか収まるだろう……琴音はそう考えていたのだが。

　綾香はしばらく沈黙していたが、ややあってゆっくりと口を開いた。

「初対面の男と高級マンションでルームシェア？　それも無料で？　婚約者のふりをすることが条件？」

　綾香が呆れたような皮肉っぽい笑みを浮かべたから、琴音はびくりと身を震わせた。

「そ、それが何か……？」

「どうしてだまされてると思わないの？」

「え――」

　綾香の言葉に琴音は傷ついた。自分がだまされているなんて、考えもしなかったことは置いておくにせよ、綾香が自分を見下したような言い方をしたのは、これが初めてだったからだ。

「ねえ、琴音。世の中にそんなおいしい話があるわけないでしょう？　よく考えなさいよ。そのひと、琴音の身体が目的なだけかもしれないじゃない。お酒の匂いなんかさせちゃって、まんまと飲まされてたんじゃないの?」

さすがの琴音もむっとなった。どんなに正臣が紳士か懸命に説明したつもりなのに、何も伝わっていないことに腹が立ったのだ。だから綾香に反抗するように言い返してしまう。

「そんなおいしい話が実際にあったものはあったのです! きっと綾香は貧乏だからわからないのですわ!」

しかし言葉にした途端、琴音は自らの口をぱっと手で覆った。決して言ってはならないことを言ってしまった自覚があったからだ。

綾香は先ほどまでの気勢をそがれたように一転、悲しそうな顔で琴音を見つめた。

琴音は急いで言い繕う。

「あ、綾香っ……いまのは違うのです! 本気で思っていたわけではなくて——」

「わかったよ」

綾香が琴音の言葉をさえぎって、深いため息をつく。

「あ、綾香……違うのです、本当にっ……!」

しかし何を言っても、いまの綾香には響きそうになかった。

「どうせ私は琴音と違って家柄もよくないし、お金もない。普通の彼氏がいるだけで、しょせん琴音とは生きてる世界が違ってるのよ。いままで親友でいられたこと自体が間違いだったんだわ」

「綾香っ……お願いです……!」

今度は琴音が泣きそうに顔を歪めてすがった。

綾香が乾いた声で笑う。

「よかったじゃない、希望の部屋と素敵な男が見つかって。仕事探しもトントン拍子にうまくいくんじゃないの？　世間知らずなあんたを心配して、一日中捜し回った私のほうがバカだったんだね」

「綾香っ……‼」

まなじりに涙が浮かぶ。

けれど綾香は、なんの同情も示してはくれなかった。

「ああ、言い忘れてたけど。午前中にあんたの実家に行ったの。家族は皆、あんたがいなくなったことを心配していると思ったけど、なぜかそんなに焦っているようには見えなかったわ。警察への捜索願いも出さないつもりみたいよ。薄情だと思って代わりに私が捜していたわけだけど、私もご両親にならえばよかったわ」

琴音が口を開く前に、綾香は彼女の鼻先でドアをぴしゃりと閉めてしまった。

『ラ・ペジーブル・ジャルダン』に向かう琴音の足取りは重く、なかなかマンションの外観が見えてこなかった。雨が降り出し、視界が悪いせいでもあった。最初はぽつぽつと地面を叩く程度だった雨脚は次第に激しくなり、琴音の自慢の長い髪の毛の先からは水滴がしたたってきていた。いくつもコンビニエンスストアを通りすぎたけれど、なぜか傘を買う気にはなれなかった。まるで雨に打たれることが、さっき綾香にしたことへの贖罪《しょくざい》になるとでもいうかのように、琴音は濡れることを選んだ。

実家の問題はひとまず綾香の言葉を信じれば、放って置いてもよさそうだ。野宮家のひとり娘がいなくなったにもかかわらず捜索願いを出さないつもりだということは、にわかには信じられなかったけれど、家出とはいえ二十二歳の大人のやることだから、焦る必要はないと考えているのかもしれない。むしろ様子でも見に帰ったら、そのまま見ず知らずの誰かと結婚させられてしまう可能性があるから、いまは関わらないほうがいい。

唯一の理解者であり協力者でもあった綾香との関係に亀裂が入ったことは、どうしようもない痛手だった。売り言葉に買い言葉の応酬には違いないが、正臣を悪く言われたので、つい逆上してしまったのだ。

自分はなぜ親友の綾香より、今日知り合ったばかりの正臣をかばってしまったのだろう？　先ほどから琴音は、この疑問を繰り返し考え続けていた。

琴音が知っている正臣の情報は少ない。三十四歳のイケメン、アルメーニの上等なスーツを着ていて、愛車はキャデリック。『ラ・ペジーブル・ジャルダン』という名の高級マンションの一室を持っている。仕事は会社を経営していると言っていた。婚約者と彼氏がいるらしい。今日が琴音の誕生日だと知ったら、薔薇の花束と豪華な料理を用意してくれたスマートな人。

それにピアノでハッピーバースデイを歌ってくれて——。ピアノ？　そこで琴音は、はっとして顔をあげた。雨が睫毛を濡らし、瞬きするたびに涙のように頬を伝っていく。

そう、琴音はあの白いグランドピアノに一目惚れしていたのだ。『ラ・ペジーブル・ジャルダン』ももちろん気に入っていたけれど、あのピアノは別格だった。

ピアノだけ……？

そこまで考えたところで、唐突に声をかけられた。

「琴音？」

琴音は顔をあげ、驚きに目をみはる。

「正臣、さん……」

スーツ姿の正臣が傘を差して立っていた。琴音は気づかないうちに、もう『ラ・ペジーブル・ジャルダン』の目の前にやって来ていたのだった。どうやら正臣はエントランスの前で琴音を待っていたらしい。傘からはみ出した肩が濡れているのは、相当長いこと正臣がそこにいたことの証だった。たったそれだけなのに、琴音の胸はなぜかぎゅっと締めつけられた。

正臣は相手が琴音だとわかるや否や、急いでこちらに向かって駆け寄ってきた。

「こんなに濡れて……なぜ俺に連絡しなかったんだ？」

連絡してくれれば迎えに行ったのに、という意味が込められているのだろう。相変わらず正臣の対応はスマートだ。

「スマホの電源を切っていたのです……そもそもまだ、連絡先を交換していませんでしたから」

うつむき加減で冷静に言い訳をしている琴音を責めることなく、その華奢な肩を抱き寄せると、正臣は自分の傘の中に彼女を入れた。シトラス系の香水が香り、なぜか落ち着いてしまう自分に気づく。またこんなに距離が近いのに、緊張よりも安堵が勝っていたことに琴音は驚いていた。

「とにかく早く部屋に入ろう」

正臣が琴音の歩幅に合わせて歩き出す。結局、仲のこじれた綾香を捨て置いてここに戻ってきてしまった自分を、琴音は心の中で責めていた。正臣を拒否できない自分を、あさましいとさえ思っていたのだ。

玄関に入ると、正臣はバスルームへと急いだ。琴音はエントランスからここまで無言を貫いていたのに、それに関して正臣が何か言うことはなかった。誰と会ってきたのか、何があったのか、聞きたいことは山ほどあるはずなのに、正臣はいまの琴音を心配している。こんな状況なのに、琴音は綾香より正臣のことが気になってしまう自分を恥じていた。間もなく戻ってきた正臣は、バスタオルを手にしていた。

「いま、風呂の用意してるから、とにかくこれでふいて」

玄関にひとりたたずむ琴音の頭にバスタオルを被せる正臣。琴音は髪だけでなくジャケットもワンピースもブーツもすっかり濡らしていたから、このままでは部屋に入ることができなかったのだ。

琴音はバスタオルで髪の毛をふき始めたが、せっかくの贖罪が清算されてしまう気がして、いつの間にかその手が止まってしまう。すると正臣は、琴音を追及するわけでもなく、彼女の代わりにわしゃわしゃとバスタオルで水滴をぬぐっていった。

「きれいな長い髪だから、ちゃんと手入れしてやらないとな」

何も聞かないことで、固まっている琴音の心をほぐそうとしてくれているのだろうか。だけどいまの琴音には、正臣が何か言えば言うほど、なぜか胸が痛くなるだけだった。

うつむいてされるがままとなっている琴音の双眸に、やがて涙がにじんできた。感情のコントロールが利かず、熱いものが込みあげてくる。

「さあ、髪はこれでいいだろう。あとは服だけど、自分で脱げる——え？　琴音？」

琴音の異変に気づき、正臣が彼女の顔をのぞき込んだ。

懸命にこらえていたけれど、琴音の瞳からはついに涙がこぼれた。雨に濡れた顔でごまかせるかもしれないと思ったが、正臣はやはり鋭かった。

「どうして泣いてるの？」

正臣は廊下に屈み込み、だらりと両脇に垂れさがっていた琴音の冷えた手を取る。温めるように自らの手で琴音の両手を包み込むと、涙を流し続ける琴音に再度問いかけた。

「言いたくない？」

琴音は首を横には振らなかった。かといって、縦に振ることもためらわれた。どうしたらいいか自分でもわからないのだ。両親のこと、綾香との確執、正臣への複雑な想い……いろいろなことが頭の中に渦巻き、琴音は混乱していた。

正臣は立ちあがると、指先で琴音の目元をぬぐった。正臣に目を向けたら、彼は安心させるような笑みを浮かべていた。正臣がいるだけで、すべてうまくいくような気になってくる。だけどそれに甘えてはいけないと、琴音は重い口を開いた。

「……なんでもございませんわ」

そうしてすぐに視線を逸らし、正臣を避けるように廊下にあがろうとしたら、当の正臣に腕を取られてしまう。玄関に戻され、さっきと同じように正臣と向かい合う格好となる。

「なんでもないようには見えないよ」

正臣の声は真剣だった。どうやらいまの正臣にごまかしや嘘は通用しなさそうだ。

困った琴音は、ただ正臣を見つめた。ただでさえ正臣は背が高いことに加えて、彼のほうが玄関から一段高い廊下にいることで、自然とすがるような上目遣いになってしまう。

訴えかけるように見あげ続けていたからか、正臣の眉が次第に切なげにさがっていく。

正臣はふいに両手で琴音の頬を挟み込んだ。

「正臣さん……？」

少しだけ屈んだ正臣の顔が近づき、琴音はきょとんとして彼を見つめ続けた。

そして次の瞬間はあっと言う間に訪れた。正臣の顔が近すぎて視界がぼやけたときには、琴音の唇には柔らかいものが押し当てられていた。

第二章　キスはレモン味だと聞きましたもの！

琴音が状況を理解できずに目を開いたままでいるうちに、正臣はすぐに身体を離した。後悔するように片手で顔を覆っている。

「ごめん、琴音」

急に拒絶するように謝られ、琴音は動揺した。すぐに身体を離したくなるほど、何か正臣の癪《しゃく》に障《さわ》ることでもしてしまったのだろうか。

「な、なぜですの？　なぜわたくしに謝罪なさるんですの？」

すがるような瞳で琴音に見つめられ、正臣は顔から手をおろした。大きく目を見開いているから、どうやら驚いているらしい。

「なぜって、どうしてわからないんだ？　勢いでキスしてしまったことを謝ったんだ」

「キス？　先ほどの行為は、キスなどではありませんわ」

琴音の言葉に、正臣の目が点になる。

琴音は毅然として告げた。

「キスはレモン味だと聞きましたもの！」

正臣は絶句してしゃがみ込むと、今度は別の意味で顔を片手で覆ってしまう。

箱入り娘ならぬ箱入り姫として育ってきた琴音は恋愛自体に免疫がなく、キスはレモン味というような、小学生が信じそうな噂を本気でいまも信じている。レモン味でなかった以上、それはキスではないのだと。

「正臣さん？」

きょとんとして正臣を見下ろす琴音。

正臣は立ちあがると、苦笑しながら琴音に言った。

「風呂が沸いた頃だから、風邪を引く前に早く入っておいで」

そうしてくるりと背を向けた正臣のスーツの裾を、琴音は無意識につかんでいた。

「待ってください！」

「……どうしたの？」

正臣のほうは、早くこの場から去りたがっているように見えた。

けれど琴音は、先ほど自分の唇に触れたのが、正臣のそれであったと気づいたばかりだった。

「キスは本当は何味ですの⁉」

想定外の台詞だったようで、正臣は困惑している。

琴音は構わず言い募った。

「先ほどの行為が本当にキスであるとおっしゃるのならば、なぜわたくしにしてくださったのです⁉」

キスは好きなひとと するものだということぐらい、琴音だって知っている。でも、正臣には愛する恋人がいるわけで、彼が好きなのは自分ではない。キスは相手が好きでなくともできるものなのだろうか。ここへきてなぜか正臣の気持ちが気になって仕方がない。

「琴音、まずは風呂に入ってくれ」

正臣は頑なにも、琴音の言葉を聞かなかったことにするらしい。

「新しいタオルを持ってくるから、その間にバスルームに入るんだ」

踵《きびす》を返しかけた正臣を、しかし琴音は放さなかった。ここではぐらかされてしまったら、正臣は一生真実を話してくれないような気がしていたからだ。琴音はいま、キスの味よりキスの意味のほうが知りたかった。

するとと正臣は、今度は苦しそうに眉根を寄せて懇願してきた。

「琴音……頼む。さっきのことは忘れてくれ」

「忘れられませんわ！　だって、だってわたくしっ……」

だって何だと言うのだろう？　自分のことなのに、琴音はその先に何を言いたいのかわからない。だから結局それが言葉になることはなかった。

互いに沈黙すること数十秒。もどかしげな琴音の思考を断ち切ったのは、正臣のひと言だった。

「キスの本当の味が知りたい？」

「え……」

急にトーンの変わった正臣の声音に、琴音は呆けた顔をあげた。それは琴音の望みでもあったから、気づけば素直にうなずいていた。

正臣はこちらに向き直ると、相変わらず裾をつかんでいた琴音の手を取って、自らのほうに引き寄せた。危うくつまずきそうになったところで、正臣に抱き留められる。

「正臣さんっ……濡れてしまいますわ！」

正臣の上等なスーツを水滴で汚したくなかったから、琴音は慌てて離れようとしたけれど、彼は琴音を解放しなかった。不思議に思って見あげれば、そのまま顎を持ち上げられた。

「正臣さ――」

しかし最後まで言えない。正臣が再び琴音の唇に自らのそれを合わせてきたからだ。

「ん、ぅ……！」

さっきよりも強く押しつけられたせいで、息が詰まる。苦しくて、空いていた片手で正臣の胸元をどんどんと叩いたけれど、がっしりした体躯の彼はびくともしない。

「もう限界」となったところで唇が離れ、琴音は大きく息を吸い込んだ。はあはあと荒い息をついていたのも束の間のこと、正臣は三度琴音の唇に吸いついてきた。今度はやや角度を斜めに変えて、鼻呼吸がしやすいように気遣ってくれている。キスの最中は鼻呼吸にすればいいと琴音はようやく気づいたけれど、脈が速くなっているせいか、普通の呼吸すらままならない。心臓がうるさいぐらいに高鳴っていて、密着している正臣に聞かれてしまわないか心配になってくる。

けれど唇と唇を合わせる行為は、思っていた以上に琴音を昂ぶらせた。じんと身体がほてり、下肢から痺れるような衝撃が脳天までを貫いていく。まったく知らない感覚に、頭の芯がくらくらしてきた。この行為が気持ちいいと気づくことに、それほど時間はかからなかった。

正臣が柔らかな唇で、ちゅっちゅっと音を立てて琴音の唇を軽くついばむ。

いつの間にか琴音は、エサを求める雛《ひな》のようにそれに応えていた。もっともっと彼が欲しくなってしまう。つい先ほど正臣の胸元を叩いていた手は、いまや彼を引き寄せるようにシャツを握り締めていた。

「琴音。キスの味がわかった？」

正臣がささやくと、吐息が口の中で溶けていく。おとがいを持ちあげたまま問いかけられ、無意識に目を閉じていた琴音は、酩酊《めいてい》したような状態でぼんやりと正臣を見あげた。目の前には正臣の端正な顔があり、こちらを真剣な面持ちで見つめている。

「わか……わかりま、せん」

それは本当だけど嘘でもあった。甘いと感じたキスが終わってしまうことが惜しくて、琴音はわざとそう答えたのだ。

「もういちどキスをしてくださったら……わかるかもしれませんわ」

試すような琴音の言葉に正臣は、今度は舌で琴音の唇を舐めてきた。

「んんっ⁉」

とっさのことに驚き、琴音がわずかにうしろによろける。正臣は琴音の顎を支えていた手を背中に回すと、彼女をぎゅっと抱き締めてきた。冷えた身体が温められると同時に、正臣の存在を直に感じられ、琴音の心臓が痛いぐらいに鼓動を速める。

正臣に優しく唇を甘噛みされ、その甘美な刺激に琴音の全身がわなないた。唇を愛撫されているだけなのに、なぜか下腹部が熱を持ち始める。下肢の違和感から、はしたなくも自然と足を擦り合わせてしまう。

「正、臣さっ……」

行き場のない熱に身もだえして、琴音がすがるように正臣の名を呼ぶ。そうして口を開いたところで、ぬるりとした何かが琴音の口腔内に滑り込んできた。

「んう！」

琴音は驚いて反射的に身を引こうとしたけれど、正臣が背中に回していた手を琴音の後頭部に移していたため、頭の位置が固定されていて動けない。琴音が戸惑っていると、正臣は根元まで舌を挿し込んできた。息苦しさからさらに口を開くことになり、それの侵入を許してしまう。弾力のある舌先が、琴音の歯列をこじ開けてきた。

「ふっ……ぁ、あ……！」

未知の感覚に、全身の力が抜けていく。正臣に支えられていなければ、きっとこの場に

倒れ込んでいただろう。自然に漏れ出る声に羞恥を覚えながらも、行為をやめて欲しいとは思わなかった。それどころか、ますます正臣のキスに溺れていく。

正臣は琴音の歯茎や頬の裏、口蓋《こうがい》まで舐めあげ、彼女の口腔を蹂躙《じゅうりん》してきた。行き場を失った唾液があふれ、飲みくだし切れなかった液体が口角からこぼれ出る。

「んぅ……あ……っ⁉」

正臣の舌が、ついに琴音の舌を捕らえた。どうしていいかわからずにこれまで喉の奥に潜めていたそれを暴かれ、琴音はうろたえた。けれど甘く舌を吸われただけで、身体がとろけるような心地になる。舌と舌を合わせることが、こんなにも気持ちいいとは思わなかった。

正臣はどこまでも優しく琴音の舌をなぶった。琴音は恍惚《こうこつ》としてそれを受け入れていた。拙《つたな》いながらも琴音は正臣の舌に応え、懸命に自らの舌を動かしていた。舌と舌が絡み合い、互いにうねうねと口の中を這い回る。そのたびにくちゅくちゅと淫らな音が鳴り響き、耳まで犯されているような気になってしまう。

「琴音」

正臣が唇を離す。突然のキスの終わりに名残惜しげに見あげれば、正臣は真剣な眼差しでこちらを見つめていた。

「このままじゃ本当に風邪を引く。風呂に入ろう」

でも……と琴音が言う前に、正臣が言葉を継いだ。

「俺も濡れたから、一緒に入るよ」

「——っ」

踵を返す正臣のうしろ姿を見ながら、琴音は緊張と興奮から大きく息を呑んだ。

琴音は脱衣所に入ると濡れた服を脱ぎ、洗濯機に放り込んだ。正臣のスーツが濡れたのは確かに琴音のせいだったけれど、まさか一緒に風呂に入るなんて、さすがに冗談だろうと思っていた。

裸になって、バスルームのドアを開け、タイルの上に足を乗せる。浴槽には既に湯が張られており、ぽかぽかと温かそうな湯気をあげていた。琴音はシャワーのコックをひねって冷え切っていた身体を軽く流すと、長い黒髪をうしろで束ね、素早くバスタブに身を横たえた。ちょうどいい温度に設定された湯は心地よく、身体の芯まで熱が伝わっていくことがわかる。新築だからバスルームもどこもぴかぴかで、すっかりバスタイムを満喫していた。

浴槽の中でうとうとしかけていると、ふいに衣擦れの音が聞こえ、バスルームのドアに目を向けた。そしてぎょっと目を見開く。磨りガラスになっているドアの向こうに、動く人影が映っていたからだ。それは紛れもなく、下着を脱いでいる正臣の姿だった。

琴音は慌てて目を逸らし、バスルームのドアに背を向けた。瞬間、ガチャリとドアが開かれる。

「ちゃんと温まってる？」

正臣がなんでもないように話しかけてきた。

琴音はドキドキし出した心臓を手で押さえながら、こくこくと頭を上下に振ってみせる。

それを確認したからか、間もなくコックをひねる音が聞こえた。正臣がシャワーを浴び始めたらしい。

まさか本当に一緒に入ることになるとは思わなかったので、琴音はどうしていいかわからず、鼻先まで湯に浸かってじっとしていた。

やがてシャワーの音がとまる。そのまま出て行ってくれるかもしれないと思いきや、ちゃぷんと音がして、浴槽の湯が波立った。確かにふたりぐらい余裕で入れる大きさのバスタブだけれど、さすがにここに一緒に入ることはない――そう思っていたのに、正臣はそんな琴音の予想に反した行動に出た。さっきよりも大きく湯が波立ち、水位が高くなる。

隅で縮こまっていた琴音は、恥ずかしくて正臣のほうが見られない。入浴剤で湯が白くなっているからといっても、目を凝らせば胸の谷間は見えてしまうし、まかり間違えば身体をすっかりさらすことになりかねない。何せいま琴音は、素っ裸なのだから。

「やっぱり新築の風呂は、入っていて気持ちがいいね」

正臣は琴音と違って何も意識していないようで、ふいにそんなことを言ってきた。

相変わらず正臣のほうを見られない琴音は、浴槽の端っこで体育座りをしながら、こくこくとうなずくことで返事とする。するといい加減、正臣が苦笑し出した。

「そんなに警戒しないでほしいな。他愛ないスキンシップのつもりなんだから」

「スキンシップ……？」

ここでようやく琴音は初めて正臣を見た。バスタブの枠に手を置き、満足そうに湯に浸かっている瑞々しい姿は、何をやっても様になるイケメンの典型のようだ。

「そう。琴音はいま、俺の婚約者だろう？」

「……あくまで仮の婚約者ですわ」

正臣に本当の婚約者がいることを改めて思い出して、ちくりと胸が痛む。

「それでも契約通り、婚約者のふりをしてもらうよ。だから、おいで」

「え――」

戸惑う間もなく、正臣に腕を引かれていた。腰の辺りに手を入れられて、そのまま正臣のほうに引き寄せられる。気づけば正臣にうしろから抱きすくめられる体勢になっていた。湯の中とはいえ素肌と素肌が触れ合い、琴音は緊張から身体を固くする。

「もっと力を抜いてよ。せっかくリラックスするために風呂に入っているんだからさ」

「そ、そんなこと言われましても……っ」

熱い湯のせいか、興奮のせいか、琴音の顔が次第に真っ赤に染まっていく。

会ったばかりの男のひとに裸で抱かれているなんて、実家の両親が知ったら卒倒するだろう――そこまで考えたところで、琴音はひらめいた。仮とはいえ自分は正臣の婚約者だ。正臣と既成事実を作ってしまえば、処女ではなくなる。未だ旧家は純潔信仰が強いというから、わずらわしい政略結婚も破談になるかもしれない。そう思ったら、途端に一条の光明が差し込んできた。

「正臣さん！」

一転、やる気に満ちた表情で振り返った琴音に驚いたのか、正臣は目をしばたたいた。

「お願いがございますっ」

「琴音の願いなら、なんでも叶えてあげるよ」

笑顔を向ける正臣に、琴音はその笑顔を無下にするようなとんでもないことを口走った。

「わたくしを抱いてくださいませ！」

これにはさすがに一回り年上の正臣でさえついていけなかったらしい。完全に茫然自失で、不思議な生き物でも前にしているかのように琴音を見つめている。

絶句している正臣に構うことなく、琴音は矢継ぎ早に先を続けた。

「わたくしにも実は婚約者がいるのです。生まれたときから決められていた結婚がいやになって今回、家を飛び出しましたの。でも処女でなくなれば私に花嫁としての価値がなくなり、きっと相手のほうからお断りしてくださいますわ！」

こんなにもいいアイディアはないと言わんばかりに、琴音はひとり目を輝かせていた。自分が何を言っているのかは、ちゃんと理解している。そのうえで正臣に判断を仰いでいるつもりなのだ。

正臣はしばらく頭を抱えていたが、どうです？　と、きらきらした目を向けてくる琴音に根負けしたようで、ため息混じりながらもようやく口を開いた。

「琴音。そんな大事なことを、そんな簡単に言うものじゃないよ」

「なぜですの？」

「もっと自分を大切にしてほしいからだよ」

琴音はむうっと唇をとがらせた。自分を大切にしてほしいなどと言いながら、キスしたりいまも一緒に風呂に入ったり、正臣は言っていることとやっていることが違うと思う。完全に矛盾している彼がいったい何を考えているのか、さっぱりわからない。やはり正臣にとって琴音は、都合のいい仮の婚約者にすぎないのだろうか。

「琴音はその婚約者がきらいなのかい？」

唐突に話題を変えられ、琴音は正臣に抱いたばかりの微妙な感情を瞬時に忘れた。

「わかりませんわ。だって、顔どころか名前も知らないんですもの」

「会ってみれば、違う感情を持てるかもしれないよ」

綾香と同じことを正臣にも言われ、琴音はしゅんとうなだれた。綾香と絶縁状態にあることを思い出してしまったのだ。

「……それはそうかもしれませんが、わたくしは恋をしてみたかったのです」

「恋？」

「はい。他人に決められた相手に恋することなんて、おとぎ話でもなければあり得ないでしょう？　だからわたくしは家を出たのです。自立した女性になって、自由な恋をするために」

するとと正臣は、くっくと面白そうに笑い出した。琴音は至って真剣に話していたから、どこがおかしかったのかわからない。

「わたくし、何か変なことを申しました?」

不安そうに振り返った琴音に、正臣は首を横に振った。

「いいや。ただ可愛いなと思っただけさ」

言うや否や、正臣は自分の身体に押しつけるように琴音を抱きすくめた。

「え――って、きゃ!」

いままでは隣に座っているような状態だっただけに、急に素肌が密着して驚かされる。

「は、放してくださいっ」

じたばたともがくけれど、腹の辺りに腕を回されて動けない。それでも正臣は琴音の胸や下腹部に触れることがなかったから、その行為に性的な衝動を感じることはなかった。

正臣の厚い胸板に、琴音の背中が当たっている。とくとくと脈打つ彼の心臓の音が伝わってくるような気がした。琴音がそうであるように、正臣もまたドキドキしてくれている気がする。きらわれてはいなさそうだけれど、正臣はいったいどういうつもりでこんなことをするのだろうか。

なんであんな濃いキスをしてきたの? なんで一緒にお風呂に入っているの? 琴音の脳内で、疑問符ばかりが頭をよぎる。仮とはいえ婚約者なら、そうすることが普通なのだろうか。

　琴音がそれを改めて問いただそうとしたとき、正臣が浴槽から手を出した。反射的に琴音がびくりと首をすくめる。正臣が笑った。

「洗ってあげるだけだよ。じっとしていて」

　正臣はそう言って器用に石鹸とボディタオルを取ると、浴槽に入ったまま泡立て始めた。琴音はうろたえた。

「じ、自分で洗えますわ！　髪が長いので実家の湯浴《ゆあ》みでは家政婦が手伝ってくれることもありましたが、わたくしだってひとりで――」

「いいから、俺に任せて」

　恥ずかしさに真っ赤に顔を染めあげる琴音をよそに、正臣は湯に浸かったまま琴音の肩から洗い始めた。同じように髪も洗われ、その心地よさにうっかり羞恥心を忘れそうになる。

　だけどこのまま流されていてはいけないような気がして、琴音は正臣を問い詰めた。

「正臣さん。先ほどの返事を……まだ聞かせてもらっていませんわ」

「返事？」

「ええ。わたくしは、正臣さんに抱かれたいのです。抱いていただけますか？」

「…………」

　しかし正臣は、やはり明確に答えてはくれなかった。無言で琴音の身体を洗い続けている。彼氏がいるから、本当の婚約者がいるから、仮初《かりそ》めの婚約者である琴音などそういう対象には見てもらえないのだろうか。なんだか悲しくなってきた琴音に、ようやく正臣が口を開いた。

「琴音。洗い終わったよ」

失望していたせいで、胸や下腹部を洗ってもらったときにも、特に感慨を覚えることはなかった。正臣もそこに自身の欲望を押しつけることはなかった。だから先ほどのキスだって、正臣にとってはきっと遊びに等しかったに違いない。

「……はい。ありがとうございました」

やはり自分では力不足なのだろう……そう思って消沈しかけた琴音の耳元に、ふいに正臣がささやいた。

「先に主寝室のベッドに行っていてくれ。クローゼットに下着から何からそろえてあるから、好きなものを選んで着ているといい」

その言葉に、琴音は大きく目を見開く。脱衣所を出てから、それが先ほどの答えだとわかった。

クローゼットには様々な衣装がぎっしりと並べられていた。コート、ジャケット、ブレザー、ジャンパー、ブルゾン、パーカー、ポンチョ、カーディガン、ニット、セーター、ノースリーブ、ベスト、トレーナー、カットソー、キャミソール、ブラウス、チュニック、ワンピース、スーツ、デニムパンツ、スキニーパンツ、チノパン、オーバーオール、レギンス、スラックス、キュロットなど、数え切れないほどの服が詰まっている。下着類が入っているタンスの中も同様だった。色や形も豊富で、まるで女性向けのセレクトショップのようだ。男性向けの衣類もあったが、圧倒的に女性用のほうが多かった。
それも不思議なことに、鏡を前に身体に当ててみると、あつらえたようにサイズが琴音にぴったりなのだ。きっと正臣の婚約者は、琴音と同じぐらいの背格好なのだろう。結婚する前からこんなにも正臣に想われている婚約者に、わずかながらも嫉妬心が湧いてしまう。

男性向けの衣類には、さすがに手を伸ばす気にはなれなかった。それが正臣の彼氏のものだと想像がついたからだ。

琴音は、とりあえずピンク色のネグリジェを選んだ。チェックの模様が入った前開きのワンピース型になっていて、裾のフリルが気に入ったからだ。ポケットにはリボンがあしらわれている。実家では和服ばかりだったから、可愛らしい洋服の数々にわくわくさせられた。

主寝室はピアノ部屋の次に広い洋室で、真ん中にキングサイズのベッドが鎮座しており、クローゼットとタンスのほかには鏡台やナイトスタンド、観葉植物などがあるだけで、余計なものは置かれていない。まさに寝るためだけの部屋なのだろう。

言われた通り主寝室にやってきたけれど、まさかこれから毎日ここで正臣と一緒に寝ることになるのだろうか。そう考えたら、急に頬が熱くなってきた。シングルサイズのベッドが置いてある寝室や客間ものぞいたが、そちらにはここのクローゼットほど充実した収納はない。元々この家は正臣と婚約者の愛の巣として準備されたわけだから、主寝室が夫婦の部屋になることは、当然と言えば当然なのだろう。

なかなか落ち着かず、ベッドの周りで右往左往していると、主寝室のドアが外側から開かれた。

「気に入った服はあったかな？」

正臣だ。濡れた髪をタオルでふきながら、部屋に入ってくる。

「え、ええ……このネグリジェをお借りしましたわ」

Tシャツに半ズボンというラフな格好の正臣を見るのは初めてだったので、琴音の心臓がとくんと跳ねた。袖や裾からのぞく腕や太もも、ふくらはぎには筋肉がしっかりとついており、普段から鍛えているのであろうことがうかがえた。

「婚約者なんだから、もう全部君のものだよ」

正臣が微笑む。けれど琴音は素直にうなずけなかった。部屋の隅から動けず、うつむいてしまう。

「わたくしは……あくまで仮の婚約者ですわ。これを着るにふさわしいのは、本物の婚約者さんです」

「琴音」

おずおずと顔をあげると、正臣が手招きしていた。いつの間にかベッドに腰かけていた彼が、隣に座るよう促している。

琴音は忠犬のように正臣の前までやってきた。でも、またなんだかんだとうやむやにされそうで腰をおろす気にはなれず、挑戦的に正臣を見つめた。

そんな琴音の心中を読んだかのように、正臣が嘆息した。

「どうしてもいまのままじゃ納得できない？」

正臣が端正な顔で見あげてくる。

琴音は迷わずうなずいた。

「だって、婚約者がいらっしゃるじゃないですか」

「正式な婚約発表をしていないから、世間的にはいないと言っても過言ではないよ」

それは屁理屈《へりくつ》だと思ったけれど、考えてみれば琴音も立場は同じだった。琴音の婚約者はいま頃、宙ぶらりんの関係に戸惑っていることだろう。悪いとは思うけれど、それだけのために実家に戻る気にはなれない。

「親父のことがあるから、君に婚約者のふりを頼んだんだ。婚約者のふりさえしてくれれば、自由にしてくれて構わない」

つまり婚約者の件は、最初に言っていた通り、女性と同棲しているという既成事実が欲しいだけらしい。逃亡中の婚約者のことを正臣は親に内緒にしているから、彼女が見つかるまで琴音をつなぎ役にしたいのだろう。

それは重々承知しているけれど、琴音はさらに食い下がった。

「それなら、彼氏さんはどうです？　わたくしの存在がふたりの関係を壊すことになりかねませんわ」

「ああ、それね」

正臣はなぜか苦虫を嚙み潰したような顔をした。

異性間の恋愛にさえもうといのに、同性間の恋愛など想像もつかない琴音だったが、もし正臣が琴音を抱いてくれたとしたら、それはきっと浮気になるに違いない。婚約者がいながら彼氏との関係を貫いていることからして、正臣はきっとその男性が本気で好きなのだろう。クローゼットにさりげなくそろえられた男性用の衣類もそれを物語っている。

「わたくしにはわたくしの希望がありますが、正臣さんを困らせたくはないのです」

うつむく琴音の手を、正臣が取った。そのまま口元まで持ちあげ、手の甲に紳士的に口づけてくる。ちゅっという甘やかな音に、琴音は耳まで真っ赤になった。

「琴音。俺を信じてくれないかな？」

「え……？」

琴音が正臣に目を向けると、彼は眉をさげ、切なげな顔でこちらを見あげていた。

「最初の条件を覚えているよね？」

「え、ええ……もちろんですわ。正臣さんとルームシェアをすること、そして正臣さんの婚約者のふりをすることです」

「そうだ。つまり婚約者として俺と住むということだ。君はそれに契約した」

「はい」

婚約者のふりをすることと彼氏の件は、関係ないとでもいうのであろうか。

未だ納得のいかない琴音が思案に暮れていると、正臣はまぶしそうに目をすがめた。

「なら、俺のものになってくれないか？」

急に腕を引かれ、つんのめった琴音はベッドにうつ伏せに倒れ込んだ。

「え――きゃっ……！」

ばたばたともがいてようやく仰向けになったときには、目の前に正臣の顔があった。

「正臣、さん？」

正臣が琴音を両腕の中に閉じ込めるようにして覆い被さっている。

「わかってくれるかい？　君は俺にとって唯一、一緒にいると心を許せる特別な女性なんだ。君が俺のものになってくれるなら、これからどんなことがあってもうまく乗り切れる気がするんだ」

瞬間、琴音の胸がきゅんと高鳴った。特別な女性として扱ってくれることがうれしかったのだ。恋を知る正臣にとって特別な女性として一緒にいれば、恋というものがわかるかもしれない。思いの丈をぶつけるように、琴音の口から言葉が自然と滑り落ちる。

「正臣さん、わたくしは仮の婚約者で構いません。期限つきでも構いません。あなたの傍で恋について学ばせてくださいませんか？」

「琴音っ……」

　感極まったような正臣の顔が近づいてくる。

　琴音は自然に目を閉じていた。間もなく正臣の唇が琴音のそれと重なり、ふたりはキスをしていた。ふんわりと香る同じシャンプーの匂いが鼻をくすぐり、どうしようもないほどいとしい感情が湧いてくる。もっと正臣をそばに感じたくて、琴音は両腕を彼の首に巻きつけて抱き寄せた。すると正臣は舌で琴音の唇を割り開き、中を探っていった。

「んんっ……」

　口腔内に侵入してきた正臣の舌が、琴音のそれを絡め取る。まだ二度目ではあったけれども、深いキスに慣れてきた琴音は、自らも積極的に舌を動かした。ぬるりとした舌先が口の中の粘膜を滑る感触が気持ちよく、むさぼるように舌を吸い合う。唾液があふれ、ちゅっ、くちゅっと淫らな水音が鳴り始めた。

「あ……はっ……」

　鼻で呼吸をするようにしても胸が苦しくて、どうしても口から息を吐いてしまう。互いの呼気が混じり合い、口腔内で溶けていく。夢中で舌を絡ませている間に唾液があふれ、仰向けになっている琴音の口の端からこぼれ出した。

　正臣はねっとりと唾液の糸を引いて唇を離すと、琴音の頬を伝う唾液を舐め取っていった。その感触がこそばゆくて、思わず身を縮こませてしまう。

　正臣がくすりと笑った。

「くすぐったい？」

琴音は目を開けると、恥ずかしそうにうなずいた。

「少しだけですわ」

「すぐに気持ちよくなるよ」

その台詞がこれからの行為を想起させ、琴音の頬に朱が走る。

正臣は自らの首に回っていた琴音の腕をほどくと、ベッドシーツに押しつけるように両手を彼女の顔の横に固定させた。同時に身体の上にのしかかり、琴音は自由に身動きが取れなくなった。拘束されているような感覚に、琴音がわずかに怖じ気づく。

「怖い？」

「少しだけですわ」

先ほどとまったく変わらない返答に、正臣が苦笑した。

「本当に？」

「ええ」

「いやだったら言ってほしい。すぐにやめるから」

「はい」

正臣は琴音の頬に軽い口づけをしたあと、彼女の耳に唇を移動させた。

「ん――！」

くすぐったさと気持ちよさがない交ぜになったような不思議な感覚に、思わず声が漏れ出てしまう。

正臣は琴音の耳殻をそっと舐めあげたあと、歯で甘噛みした。

「あっ……」

「これはきらい？」

耳元でささやかれ、吐息を吹きかけられ、琴音はぶるりと身体を震わせた。ぶんぶんと頭を横に振るだけで精一杯だった。

「これはどうかな？」

正臣は今度は耳の穴に濡れた舌を挿し込んできた。ちゃぷちゃぷという音が直に聞こえ、琴音は恥ずかしさに全身を真っ赤にさせた。同時に触られてもいないのに、胸や下腹部に熱が溜まっていくのがわかった。

「ふぁ……！」

琴音の小さな耳が、正臣の舌で舐めつくされていく。正臣は舌先を使って耳殻を舐め、とがらせた舌で耳の穴に出し入れすることを繰り返した。そのたびにぴくぴくと身体が反応してしまい、琴音は羞恥に身もだえした。

もうこれ以上は……というところで、正臣の舌が耳から離れる。ほっとしたのも束の間のこと、今度は首筋に舌を這わされ、新たな快感に琴音は身をよじった。

「や……ぁ……っ」

ちゅっ、ちゅっと音を立てながら、正臣は琴音の白い柔肉を吸っていく。熱くほてる身体を持て余し、唯一動く手で反応を示していたら、手首を固定していた正臣の手が離れ、琴音の手の平の上に重なった。指先を絡ませ、ぎゅっと強く握ってくる。さっきよりもずっと距離が近くなったような気がして、琴音もまた強く握り返していた。

その間にも正臣の舌は琴音の首筋を舐め続け、ついに鎖骨のくぼみにまで差しかかる。胸元が開いたネグリジェを選んだことを、琴音は一瞬だけ後悔したけれど、正臣の舌遣いはすぐにそれを忘れさせた。

「ん……ふ、は……あ……」

正臣は琴音の緊張をときほぐすように、丁寧な愛撫を続けていた。しかしいつからかそれがもどかしいと感じるようになり、琴音は恥ずかしながらも先ほどから存在を主張している胸や下腹部に触れてほしくて仕方なくなってきていた。

「正臣さん……熱い……っ」

気づけばつい口に出してしまっていたが、羞恥を覚える前に正臣が握っていた手を離していた。彼は何を言うことなく、前開きのネグリジェのボタンをひとつずつはずしていく。ブラジャーをしていなかったからその都度、白い素肌があらわになっていった。

つんと上を向いている桜色の頂が外気にさらされ、琴音は思わず目を背けていた。

「きれいだよ、琴音」

正臣は優しくそう告げると、そっとふたつの膨らみに触れてきた。瞬間、電流が走ったような衝撃に襲われる。

「ひぅっ」

「大丈夫だよ、俺に任せて」

「は、はい……」

琴音は深呼吸すると、力を抜いた。

壊れ物でも扱うかのように、正臣が乳房をやわやわと揉んでくる。平均よりも大きな琴音の胸は、正臣の手によって形を変えられ、甘やかな刺激を与えられていく。

「んんっ……あ……ふぁ……っ」

じいんと身体が痺れ、どうしても恥ずかしい声が漏れ出てしまう。

だんだんと力を加えられ、こねるように押し回される。すると次第に先端が勃ちあがり、固くなっていった。存在感を示し始めた乳首は、いつの間にか熟れた赤い実のようになっている。正臣がそこに口づけると、さらなる衝撃が琴音の身体を貫いた。

「ああっ……！」

シーツをつかみ、陶酔感をこらえる。

正臣は容赦なく敏感になった乳頭を口に含んできた。濡れた舌が堅い蕾《つぼみ》を舐めしゃぶる。

「んぅっ……ふっ……は、あ……」

琴音はいやいやするように頭を振り、髪を振り乱した。決していやではないのに、悪寒に似たような震えが全身に走り、手足の先にまで伝わっていくのだ。それが快感であることに、琴音はようやく気づいた。

「琴音、気持ちいい？」

濡れた突起に正臣の吐息がかかり、びくんと背をしならせる。

琴音は顔を真っ赤にしながらも、こくこくとうなずくことでいまの感情を示してみせた。

正臣が微笑み、再び赤い肉粒に舌を這わせていく。今度は唾液をまとわせてから、

じゅっと音を立てて吸ってきた。

「あうっ」

とろけそうな刺激に、頭がくらくらしてくる。

正臣はさらに唇を使って乳首をしごいた。

「あ、ああっ……ん、ぅ……！」

すっかり柔らかくなった白い胸を手で揉みしだきながら、熟れた隆起を舌で舐められる。ふたつの膨らみを均等にいじられて、琴音は愛撫の虜《とりこ》になっていた。

正臣は相変わらず片手で器用に乳房を扱いつつ、もう片方の手で琴音の身体のラインをなぞるように下へと滑らせていく。たったそれだけの行為にも、琴音は興奮を抑え切れない。もじもじと両足を擦り合わせ、快感を逃がそうと躍起になっていた。

「素直に感じていいんだよ」

琴音の太ももに手を這わせながら、正臣が顔をあげた。羞恥に染まった琴音の顔をのぞき込む。

琴音は潤んだ瞳で正臣を見あげた。

「これが、感じるということですの……？」

おそるおそる問うと、正臣が首肯する。

「そうだよ」

「恥ずかしいことにわたくし、正臣さんの一挙一動に反応してしまいますの」

するとと正臣が面白そうに目を細めた。

「そうだよ。俺のほうも反応しているから」

「えっ」

琴音は驚き、何が反応しているのだろうと上体をあげ、正臣を上から下まで見た。汗ばんだ太い首筋、Tシャツに包まれた厚い胸板、少し盛りあがった半ズボン、自分の胸と太ももに添えられたたくましい腕、ベッドに乗りあげた筋肉質な足……特に変わったところはないように思えた。

「どこだか知りたい？」

生真面目に考え込む琴音がツボに入ったのか、正臣はくすくすと笑っている。

琴音のほうはなぜ笑われるのか理解できなくて、ムキになって大きくうなずいた。

正臣がおもむろに琴音の手を持ち、自らの股間に導いた。

「な、な、何をなさるのです⁉」

ぎょっとして手を引こうとしたけれど、正臣は琴音の手を放そうとしない。そのまま半ズボンの盛りあがりに琴音の手を押しつける。琴音は思わず目を閉じたが、固く脈打つ男のシンボルが直に感じられ、耳まで真っ赤に染まってしまう。

「琴音、これが何かわかるよね？」

「……わ、わかりますわ」

思わず声が上ずってしまったが、正臣のほうは冷静だった。

「好きな女の子が相手だと、男はこういうふうになるんだよ」

保健体育の知識では知っていたけれど、父親と黒沢以外まともに男と関わってきたことがない琴音にとって、そこを触るのはもちろん初めての経験だった。あまりの衝撃に、好きな相手と言った正臣の台詞を聞き逃していた。

「琴音とつながりたがっているんだ」

こくりと喉を鳴らした琴音を、正臣が真摯な顔で見つめてくる。

「やっぱり怖い？　今ならまだやめられる」

そのぐらいの理性と自制心はあるよと、正臣が苦笑した。

けれど琴音は首を横に振った。

「いいえ。続けてくださいませ」

正臣は微笑み、自らの股間に触れさせていた琴音の手を口元に持ってくると、手の平に口づけた。ちゅっと音を立てて吸われ、琴音の心臓がドキドキと早鐘を叩き始める。これからどうなるのかと、琴音は好奇心いっぱいで正臣を見つめた。

正臣は琴音の手を解放すると、ネグリジェのボタンをすべてはずした。ぷち、ぷちと音が鳴るごとに素肌が外気にさらされ、琴音は緊張と興奮からぶるりと身を震わせた。

気づけばパンティ一枚だけを残して裸をさらしていた琴音は、いまさらながら恥ずかしくなって胸元を手で隠した。けれど正臣はもう身体を下にずらしていたから、彼の頭は琴音の下腹部の辺りにあった。

「やぁ……⁉」

正臣は琴音の細く長い足を恭《うやうや》しく持ちあげると、爪先にキスを落とした。

驚いた琴音は起きあがり、反射的に足を引こうとする。けれど正臣は手に力を込めて、足を固定する。

「そんなところ、汚いですわっ」

涙のにじんだ瞳で訴えるも、正臣は聞く耳を持っていないらしい。指の間を舐め、踵に向かってつうっと舌を滑らせていく。

「ふぁっ……あ、や……！」

ぞくぞくする感覚に背徳感を覚えながらも、新しい快楽が琴音を攻め立ててくる。

正臣は琴音の足を持ったまま、ふくらはぎから太ももへとキスを散らしていった。

ちゅっと赤い点が増えるたびに、なぜか股間がきゅんとうずいてしまう。

「正臣、さっ……わたくし、なんだかもう……！」

「苦しい？」

正臣がまるでわかっているとでもいうように問いかけてくる。

琴音はこくこくと激しく首を上下に振った。

「身体がとても熱いのです……！　そしてなぜかアソコが――」

言葉にするのはとても恥ずかしかったが、我慢ができなかった。どこを触られても気持ちよかったけれど、どこか物足りなくて、下腹部ばかりがうずいている。じくじくとした疼痛に耐え切れず、先ほどから太ももを擦り合わせることで違和感をごまかしていた。正臣が雄の部分を反応させていたように、自分の雌の部分が反応しているのかもしれない。

「わかった。いま、楽にしてあげるよ」

正臣はそう言うと、琴音の両足を左右に広げた。突然の開脚姿勢に戸惑うも、琴音はもう正臣のすることに抵抗しようとは思わなかった。俺に任せてと言った彼の言葉通り、いまのところ琴音に不快なことはひとつもなかったからだ。正臣が楽にしてくれると言っているのだから、きっとその通りにしてくれるに違いない。

琴音が力を抜けるように、正臣は再び彼女をベッドに押し倒した。センスのいい照明を見あげているうちに、正臣の手が最後の砦であった下着にかかる。わずかに抵抗したい気持ちに駆られたが、じんわりと湿り気を帯びたその場所に触れてほしくて、琴音は素直に腰をあげてそれを手伝った。

「いい子だね」

そう褒められて、琴音の顔は羞恥に染まる。はしたないことをしてしまっただろうか。

しかし正臣は何も気にしていないようで、完全に裸体となった琴音の上に覆い被さってきた。そして羽のように軽いキスを琴音の唇に落とす。

「ん――」

正臣との口づけはこのうえなく心地いい。ずっとしていたいという想いが通じたのか、正臣はキスしながら琴音の身体に触れてきた。首筋を撫で、乳房を柔らかく揉みしだき、腹部をさする。腰骨から辿るように臀部をなぞってきた。

「あ……はんっ……」

そのたびにぴくんぴくんと身体が反応してしまい、恥ずかしい声が漏れ出る。

正臣はいよいよ下腹部に手を滑らせていった。

「あっ……！」

琴音が反射的にびくりと身を震わせる。呼吸も自然と荒くなった。

正臣は琴音を気遣ってか、しばらくの間、下腹部を撫でていたが、彼女が落ち着いた頃合いを見計らって、淡い茂みに指先を忍ばせていった。長い中指が恥丘を越えて割れ目に挿し込まれると、途端に琴音がびくんとわななないた。

「ああっ」

最初に胸を触られたときのような電流が、先ほどよりもずっと強く身体の中心を貫いていったのだ。次いでつぷりと濡れた音がしたものだから、恥ずかしさのあまり消えてしまいたくなり、思わず両手で顔を覆っていた。

「もう濡れているね」

正臣の言葉に、そっと手を離して彼を見あげる。

「それは恥ずかしいことではございませんの？」

「まさか」

正臣が微笑む。

「ここが濡れるのが、女性が一番感じているって証拠さ」

そうして正臣は指先を花びらの間に埋め込むと、わざわざちゅぷちゅぷと音を立てた。

正臣の指の腹が敏感な箇所に当たり、じんと痺れた琴音は、自分でも考えられないような嬌声をあげてしまう。

「あ、んっ……や、はっ……！」

正臣は指を肉のひだの間で優しく往復させ、既にあふれていた蜜を全体に行き渡らせた。

「やんっ……う、あ……はっ」

ぬるぬると秘部を滑る感覚がどうしようもなく気持ちよくて、琴音は自分から腰を振っていた。すると正臣の指がより直に感じられ、快楽が増してくる。

「積極的だね」

くっくと正臣が喉で笑う。

琴音はかあっと頬を赤らめた。

「だ、だって……気持ちいいんですもの」

「もっと積極的になってくれたら、もっと気持ちよくしてあげられるよ」

「ほ、本当ですの？」

「もちろん」

正臣は請け合い、琴音の手を取って再び自分の下肢に導いた。何を求められているか悟った琴音はぎょっとして手を引きそうになったが、すぐに考えを改めた。性器に触れられただけでこんなにも気持ちいいのだから、正臣だって同じに違いない。身体を求め合う行為だからこそ、互いが平等に気持ちよくなるのが筋だろうと思った。

正臣の膨らみは先ほどよりも大きくなっており、まるでテントを張っているように半ズボンを押しあげていた。琴音がそこに触れると、正臣がぴくりと身体を揺らす。

「正臣さんの……どんどん大きくなっていきますわ」

琴音は拙い動きながらも、懸命に正臣の股間を擦っていた。最初は形があやふやだったそこはすぐに硬度を高め、一本の長い棒へと変化していく。

「琴音、いい感じだよ」

正臣も負けてはいなかった。琴音の蜜で秘所の滑りをよくしたところで、包皮を被った花芯に触れる。瞬間、びりりと身体が痺れ、腰の辺りが魚のようにぴくんと大きく跳ねた。

「ひぅっ！」

琴音はすがるように正臣の肉棒を握った。正臣はうっとうめきながらも、琴音の肉粒を優しくむいていった。やがてつるりとした赤い実が顔を出し、存在を主張し始める。

「あ、ああっ……正臣さん、そこ――ダメです……！」

正臣が執拗《しつよう》に淫芽を擦るものだから、琴音は悲鳴に似た嬌声をあげた。何かが身体の内側から湧きあがり、熱い奔流となって手足の末端にまで伝わっていく。

花芽が固く大きくなるごとに、蜜口からとろりと愛液があふれ出してくる。くちゅくちゅと水音が鳴り出し、思わず耳をふさぎたくなった。

「琴音、どんどん滑りがよくなっていくよ」

「いやぁ……そんなこと、言わないでください……！」

琴音はやはりいやいやするように首を横に振ったけれど、足を閉じようとは思わなかった。未知の快感に溺れ、もっともっと欲しいとねだる子供のように腰をくねらせる。さらに不思議なことに、自分が感じれば感じるほど正臣に対しても大胆になっていくのだ。

前に突き出た正臣の剛直を、半ズボンの割れ目から抜き出し、直に触れていた。正臣は苦しそうに眉根を寄せたが、彼の熱い肉の塊はさらに大きくなっていった。

「うまいよ、琴音」

張り出した先端に手を伸ばすと、透明な液体が指についた。

「これは……なんですの？」

「琴音と同じだよ」

正臣はそう言うと、琴音の蜜を指ですくってみせた。いやらしい液体を目の前に、琴音は赤面したが、正臣も同じ反応をしてくれているという事実がうれしかった。それほどまでに、拙いながらも琴音の愛撫に感じてくれているのだろう。

「男も感じると、先走りの液体が出るんだ」

　正臣は指についた琴音の快楽の証を舌で舐め取ると、再び彼女の下肢に手を滑らせた。先ほどの敏感な箇所にもっと刺激を加えてくれるのかと思いきや、正臣の手はより下へとさがっていく。そこは琴音の中で一番うずいていた場所でもあった。

「あ、やっ……ダメ……んんっ」

　秘孔の入り口には既に蜜溜まりができており、正臣が少し指を動かすだけでちゃぷちゃぷと音が鳴った。

「痛かったら言うんだよ」

　正臣の言葉に驚く。こんなにも気持ちいいことが続いているのに、痛いことなどあるのだろうか。しかしそれはすぐにやってきた。正臣がつぷりと膣に指を挿し込んできたからだ。

「ひぃっ、あう……！」

　自慰すらしたことのないウブな琴音の入り口は狭く、正臣の指一本でも痛みを感じた。

「今日はやめておく？」

　正臣が心配そうに聞いてくるが、琴音はふるふると首を振って否定した。

「大丈夫です。続けてください」

「わかった」

　正臣は琴音の唇にキスすると、反対の手で胸を揉み始めた。緊張と痛みから硬直した琴

た。

琴音は正臣の雄から手を離すと、素直に快楽に身を任せ、下腹部の痛みを逃がそうとしていたようだ。


正臣の指がゆっくりと蜜壺に挿し込まれる。

「あ、あぅっ……！」

根元まで入ったところで、正臣は指を曲げると、琴音のGスポットを刺激し始めた。途端に尿意に似た何かに襲われ、琴音が悲鳴をあげる。

「いやぁ！　それ、正臣さんっ……ダメ、なんかきます……！」

「それでいいんだよ」

正臣が指を出し入れするごとに、淫液があとからあとからあふれ出てくる。ぐっ、ぐっと最奥を突かれ、琴音はシーツの上で身もだえた。

「んぁっ、あぁっ……やん！　は、あぁっ……！」

琴音の様子をつぶさに観察しながら、正臣は花筒に挿し込む指の本数を二本に増やした。最初こそきつく感じられた肉路はしかし、大量の甘露によってすぐに押し広げられた。

「やぁあっ、ダメっ……もう、なんか……出てしまいます……！」

琴音の嬌声に混じって、ぐちゅぐちゅと陰部から音が鳴っている。快楽の証はあっと言う間にシーツに染みを作り、正臣の手首までをもぐっしょりと濡らしていた。

「そろそろ準備ができた頃だよ」

「え……」

唐突に膣道から指を引き抜かれ、琴音はぼんやりと目を開いた。

正臣が琴音の両足を抱え、身体を中央に割り込ませてきている。目を向ければ、正臣の赤黒い性器がそそり立ち、腹につきそうなほど反り返っていることがわかった。大きく張り出した亀頭は先走りの液体でてらてらと光り、竿の部分はどくどくと熱く脈打っているようだ。根元には太くて丸いふたつの陰嚢《いんのう》がさがっていた。

「そ、そんな大きなものっ……無理ですわ！」

改めて目にした雄の部分に恐怖を抱き、琴音は本能的に尻を引こうとした。しかし正臣が両足をがっちりと抱え込んでいるので徒労に終わる。

「破談にさせたいんだろう？」

正臣が唐突にそんなことを言う。

卑怯だと感じたが、同時に琴音はなぜ正臣とこうなるに至ったかを思い返していた。

そもそも琴音は、見ず知らずの婚約者との破談を期待して、自分から正臣に抱かれたいと言ったのだ。処女でなくなり、生娘としての価値がなくなれば、相手のほうから断ってくれると期待している。むしろ処女喪失の事実を知った野宮家側から、婚約解消を申し出てくれるかもしれない。よくよく考えなくても、これは琴音自身が願った事態なのだ。

琴音は深呼吸すると、改めて正臣を見つめた。もう意志は固まっていた。

「ええ。どうか優しくしてくださいませ」

「当たり前じゃないか」

正臣が微笑む。その笑顔に負けたように、琴音は意を決してそのときを待った。

正臣はペニスを自ら持ち、琴音の秘部に先端を当てる。

「ひぅっ」

それだけの刺激に反応してしまう自分が恥ずかしかったけれど、正臣が鈴口でひだの間を上下させるものだから、肉豆や蜜口が擦れて気持ちがいい。

「ゆっくり挿れるから、痛かったら言ってね」

「はい」

言葉通り、正臣は蜜で濡れた亀頭を淫扉に押し当てた。そしてぐっと腰を入れる。

「あ、ああっ」

にゅるりと押し込まれた先端によって肉筒が広げられ、琴音の身体がわななく。

正臣は琴音の反応を見ながら、ゆっくりと竿の部分を埋め込んでいった。

「やっぱりきついな」

正臣が顔にまとわせていた汗が飛び散り、琴音の顔にぽつぽつと落ちてくる。正臣を見あげれば、彼は苦しいのか、きつく眉根を寄せていた。

「琴音、もう少しだから」

「んぅっ……あ、うぁっ……!!」

どんどん正臣との距離が近くなるにつれ、引き裂かれるような痛みが琴音を襲ってくる。たらりと臀部に伝う液体の存在を感じて、ついに処女膜が破られたことがわかった。

「いっ……ん‼」

隘路《あいろ》を掻き分け、正臣が最奥を目指す。やがてずんっと、正臣の腹部が琴音の下腹部に当たった。

「全部入ったよ」

正臣は、はあはあと息を切らせていた。琴音の中がよほど狭くて苦しかったらしい。

赤い洞がいっぱいになり、正臣を全身に感じて、琴音は歓喜に打ち震えた。涙さえにじむことに、不思議な感動を覚える。

「これで……わたくしはもう処女ではなくなったのですね？」

婚約破談のために正臣に抱かれることを望んだ琴音だったが、なぜかいまは、もうそんなことを微塵も考えていなかった。

「そうだよ」

正臣が指先で琴音の涙をぬぐってくれる。

「少し動くけど、我慢できそう？」

琴音はきょとんと首を傾げた。

「動く？　これで終わりではありませんの？」

「もちろん。これからが本番だよ」

言うや否や正臣はいま挿れたばかりの漲りを引き抜き、再びゆっくりと挿入してきた。

一度広げられた肉道は、正臣の形になって押し広げられたようで、初めよりスムーズに中に入っていく。ず、ずずっと肉壁を擦る感覚は、最初こそ痛みを伴ったけれど、徐々に快楽も得られるようになってきた。

「琴音、琴音」

正臣が求めるように琴音の名を呼ぶ。琴音に覆い被さり、彼女を抱き締めて腰を揺すり始めた。

琴音もまた正臣の背中に腕を回し、彼を強く抱き締め返す。爪を立てないように気をつけたけれど、正臣をもっともっと直に感じたくて、どうしても強く引き寄せてしまう。

「ああ、正臣さんっ」

正臣が琴音を貫くごとに、蜜口からは淫液がとろとろと湧き出してきた。滑りがよくなり、抽挿が滑らかになってくると、ぐっちゅ、ずっちゅと水音が鳴り出してくる。

いつの間にか痛みは遠くなり、ずんずんと奥を突かれることに悦びが見出されてきた。

「琴音っ……俺をそんなに締めつけないでくれ」

「そんな、ことっ……わかり、ません、わっ、ああ！」

ふたりは固く抱き合いながら、ピアノの二重奏のような律動を刻んでいく。部屋には淫猥な匂いが漂い、荒い呼吸音と交合する水音、そして肉が打ちつけられる音が響いている。

「あ、ああっ、んぅっ、くっ、はぁっ」

正臣の先端が、琴音の一番感じる部分を攻め立てた。初めてなのに、何かに呑み込まれそうな気になってくる。ボルテージはあがる一方だった。

「正臣さぁん、ああっ」

「琴音っ、君の中がよすぎてもうダメだ！　いく……！」

正臣が抽挿を速めてきた。激しい突きに、身体だけでなく頭までおかしくなりそうだ。

「くっ――」

瞬間、琴音の中で正臣の欲望が爆《は》ぜた。正臣は琴音を抱き締めたまま、びゅくびゅくと吐精している。その意味を深く考えようと思った琴音だったが、気づいたときにはすっかり意識を手放してしまっていた。

第三章　わたくしたちはもう身体の関係ですわ！

心地よい湯の中に入っているような気分だった。目を覚ますのがもったいなかったけれど、日頃から朝早く武術の稽古をする習慣があるので、どうしても早く起きてしまう。なぜうちには道場があるのだろうと、ずっとわずらわしく思っていた。野宮家がこの西麻布で長く続く由緒ある家系で、古くから続く武術の伝承も大事にしているから、仕方ないことなのかもしれない。伝統やしきたりを重んじる名家であるせいで、政略結婚までさせられる身にあるのだから……政略結婚？　そこまで考えたところで、琴音はぱちりと目を開けた。

見慣れない景色に、いったい自分はどこにいるのだろうと混乱する。起きたばかりで頭が働かず、ムダに広い寝室に戸惑いを覚えた。しかし一番琴音を驚かせたのは、隣で誰かが眠っているという事実だった。すうすうと、他人の寝息が聞こえるのだ。

おそるおそる横に目を向ければ、端正な顔だちの男――久世正臣が気持ちよさそうに眠っていた。

琴音は色を失い、懸命に記憶を辿った。普段飲まないシャンパンをたくさん飲んだせいなのか、頭が重くて痛い。正臣に抱いてくれるよう自ら迫ったことがよみがえり、シラフに戻れば顔から火が出そうになるほど恥ずかしくなった。

それでも正臣と一線を越えたことは、琴音にこのうえない充足感をもたらしていた。今日からもう自分は処女ではないのだ。一人前の女になった気分だった。男性に抱かれることはもっとすごいことだと想像していたのに、意外に呆気なかったと感じていた。

そっとクローゼットを開け、正臣の本物の婚約者に申し訳ないと思いつつも、今日着る服を物色した。白いレースのついた清楚なブラジャーとパンティに、赤いスカートと黒のカットソーを選ぶ。鏡の前で着替えてみると、やはりこれもサイズはぴったりだった。

ふと男性用の衣装棚が目に入る。こちらはやはり正臣のものなのだろうか。それにしてはサイズが少し小さいように感じられたが、まさか彼氏の……!?　琴音は深く考えることをやめた。今は幸福感に浸っていたいと、頭を切り換えて主寝室を出た。

リビングの時計を見たら、まだ六時前だった。癖で早起きしてしまった琴音は、洗面や歯磨きなどを終えると、正臣のために朝食の準備をすることに決める。冷蔵庫には充分に食材が詰まっているので、なんでもできそうだった。壁にかかっていたエプロンを借りて、さっそく調理を開始する。

コーヒーメーカーをセットすると、冷蔵庫から卵とベーコン、レタスにトマト、きゅうりといった野菜を取り出した。昨夜は豪勢な料理だったので、なるべく胃に負担にならないような軽い食事にしようと決めていた。ベーコンエッグにサラダ、パンといった朝の定番メニューを準備する。

コーヒーの抽出が始まり、いい匂いが漂い始めたところで、新聞を持った正臣がリビングに入ってきた。普段着と思われる黒のシャツに白いジーンズ姿の彼は、すっかり目覚めているようで、対面式の台所に立つ琴音をまぶしそうに見た。

「おはようございます、正臣さん」

正臣との対面は相変わらず顔から火が出そうになるほど恥ずかしかったけれど、琴音は努めて平静を装った。

正臣が微笑んでくれる。

「おはよう、琴音。早いんだね」

「は、はい。実家にいたときからの癖で、早く起きてしまいましたの」

正臣がダイニングテーブルの椅子に座り、新聞を広げた。

「そうか。眠れなかったのかと心配したよ」

「いいえ、おかげさまでぐっすりでしたわ」

「どうせなら、朝までずっと俺の腕の中にいてほしかったのに。起きたときひとりぼっちだったから、こっちが寂しくなっちゃったよ」

「まあ！　またそんなことを言って、それも婚約者のふりのひとつですか？」

正臣が言い返す前に、琴音はできあがったコーヒーをテーブルに運んだ。湯気の立つカップを感慨深げに見つめる彼は、もう先ほどの言い合いには興味を失ったようだった。

「ありがとう。うちでも家政婦を雇っているから、コーヒーを運んでもらうのなんて日常茶飯事だけど、特別に思う女性に持ってきてもらうのは格別なんだね」

琴音の顔に熱が集中する。正臣はさらりとそんなことを言うが、心の準備ができていないので戸惑ってしまう。正臣に特別だと言ってもらったのはこれで二度目だ。それは仮の婚約者という立場以上に、琴音をうれしい気持ちにさせた。いままでそんなことを言われたことがなかったからだ。

琴音が赤面している間に、正臣がカップに口をつける。おいしそうにひと口すすった。

「でも無理しなくていいんだよ。家事は契約に入っていないんだから」

コーヒーカップを持ちながら、正臣が気遣わしげに琴音を見あげた。

琴音は慌てて、ぶんぶんと手と首を同時に横に振った。できればこれで顔の熱も散らせるといいのにと思った。

「いいえ！　本当の婚約者であれば当然、家のこともされるはずです。わたくしは花嫁修業もやらされてきたので、差し支えなければ家事はお任せいただきたいですわ」

「そうか」

正臣が目元を和ませる。

「なら、お願いしようかな。家政婦でも雇おうと思っていたところだったんだが」

これにも琴音は首を振って否定を表した。

「わたくしがいるうちは大丈夫だと、請け合いますわ」

「うん、じゃあお願いするよ。さっきからおいしそうな匂いが気になってたんだ」

「すぐお持ちいたしますね」

琴音は嬉々として、キッチンに向かった。仮の婚約者で、契約ルームシェアとはいえ、仕事を任せてもらえるのは信頼されている証拠だと思う。うきうきしながら食器棚から皿を出し、できあがったばかりの料理を並べていった。

昨日出会ったばかりのふたりで朝食を摂っているという状況には、やはり不思議な気持ちにさせられる。正臣は新聞を読みながら食べているので、何か会話があるわけではないのだけれど、それがまったく自然で、沈黙がちっとも気まずくないのだ。まるで新婚夫婦の日曜日の朝そのものだと、琴音はひとり顔を赤くしながらパンを頬張っていた。もし自分も結婚したらこんなふうになるのだろうか？　と、妄想が膨らんでいく。

「そうだ」

唐突に正臣が声をあげ、新聞を畳んでテーブルの上に置いた。

「明日から俺は仕事に出ちゃうけど、琴音はどうする？」

それは休みである昨日や今日とは違い、琴音を構ってあげられないという意味なのだろう。会社を経営しているという話だから、きっとものすごく忙しいに違いない。日中ここにずっとひとりでいるのかと思うとやはり寂しかったけれど、琴音はとりあえず食べかけのパンをいったん皿に戻し、改まった口調で言った。

「このまま住まわせてくださるのでしたら、先に申しあげた通り家事をいたしますわ。この家の維持には必要ですもの」

「住んでいいに決まっているじゃないか。それが契約だろう？」

正臣が苦笑する。

「家事をしてくれるのはありがたいし構わないが、学校はいいのかい？」

後期の授業が始まって間もない大学のことを思い出し、琴音はうなずいた。

「わたくしは三年間で卒業単位をほとんど取ってしまったので、大学に行くのはゼミのある木曜日だけで大丈夫ですの」

「そうか」

そう言って正臣はコーヒーを口に含むと、改まった様子で話題を変えてきた。

「――琴音、昨夜のことを話して置いたほうがいいと思うんだ」

「えっ……」

正臣に熱く抱かれたことが頭をよぎり、琴音はせっかく口元まで持ちあげたパンを見事に取り落とした。

「不可抗力じゃあなかったことだけは伝えたかったんだ」

弁解するように言う正臣に、琴音は返答に窮《きゅう》した。それが何を意味しているのかわからなくて、言葉が出てこなかったのだ。

懺悔《ざんげ》のような正臣の話が続く。

「つい夢中になってしまったんだ。琴音は俺にとって特別だから、俺のものにしたくなった。それでつい、避妊具をつけそびれてしまった」

「正臣さん……」

昨夜、意識を手放す前に考えなければいけなかったことを思い出したけれど、琴音は彼の名前を呼ぶことで精一杯だった。

「軽薄な男だと、俺に幻滅したかい？」

正臣が眉を下げ、琴音を見つめている。見たことのない不安そうな顔に、なぜかきゅんと胸が締めつけられた。

正臣には婚約者も彼氏もいる。そのうえで琴音も自分のものにしようというのだから、普通ならとんでもない放蕩者《ほうとうもの》だと思うだろう。確かに避妊してくれなかったことには驚いたけれど、婚約者のふりなのだから、それも含めて契約のうちに入っているのではないだろうかと、世間知らずの琴音は思う。

同時に正臣が繰り返す〝特別〟の意味について考えていた。〝特別〟なのが〝好き〟ではないとしたら、どういうことなのだろう。正臣の心のうちがまったく読めず、琴音はもやもやするばかりだ。

正臣さんが好きなのは婚約者なの？　彼氏なの？　それとも実は特別なわたくしなの？　疑問符ばかりが頭を占め、今にも沸騰してしまいそうだった。素直に聞ければどんなに楽だろう。

でも琴音は単なるルームシェアの相手にすぎない。それも期限つきだ。余計なことを言って関係がこじれることだけは避けたかった。しかしせめて、自分は正臣にとってどういう存在であるのかを聞くことぐらいは罪にならないかもしれない。

そうして琴音が口を開こうとしたとき、絶妙なタイミングでインターホンが鳴った。琴音と正臣は反射的にテレビモニターに目を向ける。こんな時間にいったい誰だろうといぶかったのだ。しかしそこに映っていたのは、ともに見知った相手だった。


「まさか昨日の今日で、もう一緒に住んでいるとは思わなかったよ」

早朝に『ラ・ペジーブル・ジャルダン』を訪れたのは、『三浦不動産』を経営する三浦尚人だった。正臣の親友なので、どのような話でも遠慮がないのか、パーカーにカーゴパンツというラフな格好だった。

「俺の家なんだから、俺がどうしようと勝手だろう？」

その声には険があり、なぜか正臣は三浦をぞんざいに扱っているように思えた。

琴音はいそいそとコーヒーメーカーのスイッチを入れ、三浦のぶんのカップを用意していた。そんな琴音を見て、三浦が皮肉った。

「まるで奥さん気取りだな」

「婚約者だからな」

「婚約者のふりだろう？」

辛辣《しんらつ》な言葉の応酬に、琴音は完全に萎縮してしまう。三浦の前にコーヒーの入ったカップを差し出したけれど、彼が礼を言うことはなかった。

おとなしく正臣の隣に座り、三浦と向かい合う。静かにことの成り行きを見守っているつもりだったが、すぐに話の矛先は琴音に向けられることになった。

「とにかく野宮さんには、うちでちゃんとした物件を選んでもらうよ」

「何を言っているんだ」

正臣がきつく眉根を寄せる。

三浦は持参したビジネスバッグから、物件情報が印刷されていると思われる紙束を取り出した。

「野宮さんの希望に近い物件を用意してきた。即入居可能のものばかりだから、すぐに住むことができる」

「尚人……気に入らないのはわかるが、強引すぎるだろう？　うちに住みたいという琴音の気持ちも考えてやれ」

「さっそく呼び捨てか」

三浦が吐き捨てるように言う。

「とにかく間違いが起こる前に、さっさといまの歪《いびつ》な関係を清算してくれ」

目の前に物件情報の紙束を置かれ、琴音は困惑する。『ラ・ペジーブル・ジャルダン』は正臣の持ち家だから、ふたりの間だけで契約が成り立っていると思ったのに、どうやら三浦はそれに異論があるらしい。でなければ、こんな早朝に訪れてまで琴音に別の部屋を斡旋《あっせん》しようとはしないだろう。きっと昨日一日かけて資料を用意したに違いない。

しかし琴音は『ラ・ペジーブル・ジャルダン』に正臣と住むことに決めたのだ。期限つきの婚約者だけれど、責任をまっとうしようと思っていた。よってふたりに向かって宣言する。

「わたくしたちはもう身体の関係ですわ！」

男たちは呆気に取られて言葉を失った。

琴音は立ちあがり、三浦を毅然とした態度で見つめた。

「だからもう一緒に暮らすことに決めたのです！」

しんと場が鎮まる。正臣は片手で顔を覆い、三浦はぽかんと口を開けていた。琴音だけが何かおかしなことでも口走ってしまったのだろうかと、不思議そうに男ふたりを交互に見ていた。

ややあって、正臣が顔をあげた。

「……尚人。お前だけに話があるから、ピアノ室に来てくれないか？」

「わかった」

三浦は不満そうにしていたが、正臣の言うことには逆らえないようで、立ちあがって先導する彼についていく。

ひとりリビングに残された琴音は呆然としていた。ピアノ室が選ばれたのは、防音が効いているからだ。おそらくふたりは、琴音に聞かれたくない話をするつもりなのだろう。

仲間はずれにされたようで哀しくなったが、ここで、はたとふたりの関係に疑問を抱いた。

三浦は何かと正臣の行動に文句をつけている。最初は正臣の親友だからだと思ったけれど、開店前から店に入れていたり、早朝に家を訪問したり、琴音との関係を清算させようとしたり、やることが行きすぎている気がする。なぜ三浦がそこまでするのかと考えたとき、琴音はぴんとひらめいてしまった。

三浦尚人こそが、正臣の秘密の彼氏なのではないだろうか？

それならばいろいろなことの辻褄《つじつま》が合う。三浦は正臣が好きだから、琴音の存在が気に食わないのだ。最初は琴音が三浦の店で部屋を借りなかったから気に入らないのだと思ったけれど、ここまで正臣の行動に異論を唱えるのは、自分の恋人である正臣が、琴音に目をつけたことが原因なのではないだろうか。それでなんとかして自分たちを引きはがしたいのだ。思い起こせば、あのクローゼットの中にある男性用の衣類は、中肉中背の三浦にぴったりな気がしてきた。

三浦に出したコーヒーが冷める頃には、男ふたりの話は終わったらしい。ピアノ室から出てきた三浦はリビングに戻ることなく、正臣に送られてまっすぐに玄関から帰って行ったようだ。三浦はずいぶんと落ち着いたようで、廊下から聞こえた声のトーンはリビングにいたときと比べると安定していた。きっと正臣になだめられたに違いない。そう思うと、相手は男なのに嫉妬心が湧いてきた。もしかしたらハグやキスでもしていたのかもしれない。正臣とキスした経験のある琴音だったから、同じ唇が三浦のそれと重なっていることをつい想像してしまい、妄想を追い出すように慌てて頭を振った。

琴音は正臣が廊下を歩いてくる音を聞きながら、三浦が置いていった物件情報を手に取った。港区のひとり暮らし用の物件がほとんどだった。もし正臣の婚約者が見つかったら、琴音は『ラ・ペジーブル・ジャルダン』から出て行かなくてはならなくなる。いつか必要になる日がくるかもしれないと、琴音はそっとテーブルの下の棚にそれを隠したのだった。


昼前に外へ出たら、昨夜の雨が嘘だったかのような晴天だった。青い空が広がり、雲が流れ、太陽が輝いている。しかし気温は低く、天気予報士が言っていたように十一月下旬並の寒さだった。琴音は白いコートを、正臣は茶色の革のジャケットをそれぞれ羽織り、ふたりは表参道を歩いていた。

きっかけは三浦が帰ったあと、昼頃から足りない物を買いに行こうという、正臣からの誘いだった。『ラ・ペジーブル・ジャルダン』の家にはなんでもそろっているから不自由はないと琴音は言ったのだけれど、せっかくの日曜日だから出かけたいという正臣の希望を無下にはできなかった。

しかし朝食のあと片づけをしているうちに、これはもしかしてデートなのではないかと気づき、結局準備に余念がなかったのは琴音のほうで、ずいぶん正臣を待たせることになってしまった。いろいろ考えすぎて洋服を選ぶのに手間取り、化粧や髪型にも正臣の好みはどういうタイプだろうか……などと考えていたからだ。

「もしかしてこれってデートというものなんですの？」

「婚約者なんだから、デートするのは当たり前だろ？」

そんなやり取りもあったからか、服装も化粧も髪型もばっちり決まり、正臣の隣に並んでも恥ずかしくない程度にはなれたと琴音は思う。正臣から「可愛いね」という言葉までもらって琴音はうれしくなる。そうしてエントランスでコンシェルジュの片岡に見送られながら（「行ってらっしゃいませ、久世さま」にはまだ慣れない）、正臣の愛車であるキャデリックで出発した。

表参道のケヤキ並木はすっかり秋の装いで、道行く人々も琴音たちと同様に秋冬物をまとっている。気のせいか、すれ違うひとがこちらを見るや否や、ひそひそ話をするのだ。わざわざ振り返るひとも多かった。きっと正臣が格好よすぎるから、なぜこんなにも不釣り合いな娘と歩いているのだろうと噂されているに違いないと琴音は想像する。西麻布から滅多に出ることのない琴音だから、流行のオシャレにはなかなかついていけない。そう思うと、正臣の賛辞にも自信がなくなってくる。社交辞令だったのかもしれない……。とはいえ表参道の町並みに、正臣のようなハイスペックな男性はぴったりだった。そんな正臣の隣にいられることが自慢で幸せだった。

この一帯はショッピングストリートになっており、特に日本国内外の有名ブランド店が多く建ち並んでいる。最先端ファッションやグルメの発信地と言われているだけあって、海外で流行のアパレルブランドやスイーツショップなどがいち早く上陸するらしい。そんな話を正臣から聞きながら、ふたりはウィンドウショッピングを楽しんでいた。

「わあ……すごく高そうなお店ですわね。見ているだけで満足してしまいますわ」

ルイヴィタン、ディオーラ、サンローリン、ハリー・ウィンスタンなど、高級な店舗を通るたびに思っていたことを口にしていたら、正臣に笑われた。

「ははは、それじゃあ店の意味がないな」

どうやら正臣のほうは御用達らしい。とある店で立ち止まったとき、彼に気づいた店員がわざわざ挨拶に出てきたほどだ。

「久世さま、今日はデートですか？」

ぱりっとしたスーツを着た店員がにこやかに琴音を見つめた。琴音は頬を染め、恥ずかしさからうつむく。正臣のほうは慣れた様子で店員と会話していた。

「そう、これからランチの予定なんだ。また今度寄らせてもらうよ」

「お待ちしております」

買ってもいない店の店員に見送られ、琴音と正臣は再び歩き始めた。

そのあとは大規模リニューアルしたばかりの表参道ビルズにも入り、テラス席のある人気のレストランで昼食を摂ったあと、行列のできていたオシャレなカフェに並んだ。本当は正臣に面倒をかけたくなかったのだが、琴音がちらちらとその店を気にしていたせいか、彼から並ぼうと申し出てくれたのだ。三十分並んだかいもあり、その店のパンケーキはふわふわでとてもおいしかった。

会計のたびに琴音は財布を出したのだが、結局一度も払わせてもらえなかった。正臣はすべてアメットスのブラックカードで支払いを済ませていた。アメットス最上級のブラックカードを持っているなんて、やはり正臣は只者ではないらしい。機会があれば仕事の話も聞いてみたいと思った。

「そろそろ帰りますか?」

並木通りが夕焼けに包まれる頃、ほどよく疲れが溜まってきたところで琴音が言った。正臣とのデートは楽しいけれど、明日はまた仕事だから、これ以上負担をかけてはいけないと遠慮したのだ。しかし正臣は意外にも首を横に振った。

「実は今日、寄りたい店があったんだよね」

「そうだったのですか」

琴音が目をしばたたいていると、正臣が改めて誘ってきた。

「付き合ってくれるかな?」

「もちろんですわ」

これまでも正臣が言うすべての店に付き合ってきたというのに、なぜ正臣は改まってそう言ってくるのか琴音にはわからなかった。

正臣が琴音を連れて入店したのは、ティファナーだった。ティファナーは世界的に有名な宝飾品や銀製品のブランドで、女性への贈り物として人気が高い。旧家で育った琴音でさえ憧れるブランドだった。

　正臣は慣れた様子で店内に入っていくと、有名なネックレスやペンダント類には目もくれず、迷わず指輪が並ぶショーケースのほうに向かった。ティファナーの男性店員が、正臣を案内するように先導する。琴音は挙動不審にならない程度にきょろきょろしながら、正臣のあとをついていった。

　ショーケースの中には、庶民の感覚からすると、ゼロがひとつどころかふたつは多い指輪がいくつも飾られていた。中央に大きな宝石のはまった指輪はどれも店内の照明を受けてきらきらと光っており、見ているだけでわくわくしてしまう。ほとんどがプラチナのリングに、シンプルな立て爪のダイヤモンドで、ダイヤモンドの美しさを最大限に引き出すことのできる正統派のデザインだった。

「立て爪の指輪はダイヤモンドの位置がリング部分から一段上がるので光を集めやすく、ダイヤモンドの輝きが最高に際立つデザインなのですよ。婚約指輪として大人気です」

　ショーケースの中を見入っていた琴音に、スーツ姿の男性店員がそう説明してくれたので、彼女は大きく目をみはった。これはファッションリングではない……エンゲージリングだ。そう気づくと、琴音の心臓はわしづかみにされたようにぎゅっと痛くなる。

　正臣は婚約者への指輪を選ぶ気で、定番ブランドのティファナーに来たのだ。だからさっき、仮の婚約者にすぎない琴音に、わざわざこの店に入る許可を得てきたに違いない。

「どれがいい？」

正臣は至って自然に、一歩うしろにいた琴音にそんなことを聞いてくる。琴音の胸はざわめいた。

「そんな……選べませんわ。だってわたくしは――」

「婚約者だろう？」

正臣が当たり前だとでも言うように微笑む。そしてこちらに向かって手を差し出してきた。左手を出すよう促される。

男性店員の目もあったから、琴音はおずおずとその手に自分の左手を載せた。正臣は琴音の手を引き、にこにこと笑顔を見せている男性店員に向かい合った。

「この子の指のサイズを測ってもらえるかな？」

「かしこまりました」

男性店員はにこやかな笑顔のまま、指輪のサイズを測るリングサイズゲージを取りにさがっていった。

「正臣さん！　わたくし、こんなの困りますわっ」

誰も聞く人がいなくなったところで、琴音が声を潜めて叫ぶ。

「どうして？」

正臣が不思議そうに尋ねる。聡明な彼が根本的な問題に思い至っていないとは考えられないから、琴音には悪質なたわむれのように感じられた。

「わたくしはあくまで仮の婚約者ですよ！　わたくしの指のサイズに合わせてどうするの

ですか！」

「それなら気にしないでいい」

目を吊りあげて怒りをあらわにしたのに、そう簡単に返されてしまう。琴音は困惑した。

「俺の婚約者は、君と同じぐらいの指のサイズをしているから」

琴音が口をつぐむ。そう言えば正臣は琴音とは違い、婚約者と会ったことがあると言っていた。指のサイズに予想がつくぐらいだから、そのひとの手をいままみたいに握ったことがあるのかもしれない。そう思うと、心の中がもやもやする。

間もなくさっきの男性店員が戻ってきた。琴音は覚悟を決めて（ヤケになったと言ってもいい）左手の薬指を差し出した。

「お客さまは7号から8号の間ですね。ただ、指のサイズは体調や季節、朝と夜の時間帯、むくみなどでも変わってきますので、大きめのサイズのほうがいいかもしれません」

「なら、8号かな？」

「そうですね。そちらをお勧めいたします」

当惑している琴音に構うことなく、正臣と男性店員の会話が進んでいく。

「婚約指輪は立て爪が一般的だと思うんだが、日常生活には不向きだと聞いたことがある。実際のところはどうなんだ？」

「はい。ダイヤモンドを埋め込んだタイプに比べると、立て爪のデザインは確かにいろいろなところに引っかかりやすいです。家事をするにも不向きと言えるでしょう。しかしながら婚約指輪は普段つけずに、よそ行き用とすれば、一生に一度の記念になります。またあとあと、サイズ直しがしやすいというメリットもございます」

「なるほど。それならやっぱり立て爪がいいな。琴音はどう？」

急に話を振られ、琴音がびくんと身体を跳ねさせた。

「どう……と言われましても――」

「好きなのを選んでくれ」

正臣も男性店員も、琴音の笑顔を期待しているようだ。こんな経験、普通なら一生に一度しかないから、婚約中の女性であれば喜びに満たされる瞬間になるだろう。しかしあいにく琴音は仮の婚約者だった。どの指輪を選んでも、その指輪をつけるのは自分ではないのだ。

「どれも素敵すぎて選べませんわ」

だから当たり障りなくそう告げたら、正臣は男性店員に向けてとんでもないことを言い出した。

「わかった。じゃあ、この店で一番大きくて美しいダイヤモンドの指輪を頼む」

「ま、正臣さん⁉」

「かしこまりました」

慌てる琴音に対して、男性店員は冷静だった。ショーケースから、言われた通りの指輪を取り出し、正臣に確認させる。

「こちらが2・18ct、透明度も高く、無色透明に近い色味で、ラウンドブリリアントカットが採用されております。最高の輝きが引き出されることを保証いたします」

「なら、これをもらおう」

こうして琴音が呆然とふたりのやり取りを見つめている間に、正臣が婚約者に贈る指輪は決定されたのだった。正臣が精魂込めて選んだ指輪であれば、逃亡中の婚約者も帰る気になるのではないかと、琴音はぼんやりと思っていた。もしかしたら正臣は、それを狙って今日、婚約指輪を購入したのかもしれない……。


『ラ・ペジーブル・ジャルダン』に戻ったときには、もうすっかり夜になっていた。片岡に「お帰りなさいませ、久世さま」と声をかけられるが、琴音はわざとうつむいて目を合わせないようにした。いまだけはなぜか〝久世さま〟と呼ばれることが不快だったからだ。本物の〝久世さま〟になるのは自分ではない。

エレベーターに乗り込むと、途端に沈黙に支配される。正臣が持つスーパーのビニール袋だけがかさかさと音を立てていた。昼間は外食にしたから、夕食は家で作ると琴音が提案したのだ。ただし、それはティファナーに入る前のことだったのだが――。

「琴音、何を怒っているの？」

「怒ってなんかいませんわ」

正臣の問いに、琴音は即答した。

あっと言う間に五階に着き、エレベーターを降りようとした琴音の腕を正臣がつかむ。そのままぐいっと中に引き戻され、気づけば壁に押しつけられていた。

「何をなさいますの⁉」

琴音は正臣をねめつけたが、そのにらみは正臣に対してまったく効力を発揮しない。正臣は口の端を持ちあげ、薄く微笑している。

「機嫌が悪くなったのは、ティファナーに行ってからだね」

「そ、そんなこと――」

「ひょっとして、俺の婚約者に嫉妬しているの？」

否定しようと口を開きかけるが、矢継ぎ早な質問に琴音の声はかき消された。すると熱いものが身体の内側から込みあげ、涙となって大きな双眸ににじみ始める。やがてぽろりと、一粒の涙が頬を伝った。

「琴音……からかって悪かった」

正臣が慌てて謝ってくる。成城石田で買った食材の入った袋を取り落とし、指の腹で琴音の頬をぬぐった。けれど琴音はいやいやするように正臣から顔を背けた。

「琴音、俺を拒まないで」

眉をさげた正臣の顔が近づいてくる。キスの予感に、琴音は必死で抵抗した。正臣との関係は仮の婚約者としてのルームメイトにすぎない。セックスしたのはあくまで自身の婚約破談のためだけだ。

「君は俺の特別だよ、本当に」

なのに正臣は濡れた瞳でそんなことを言う。琴音は混乱していた。

「わたくしも正臣さんが特別ですわっ……でも、正臣さんには――」

次の瞬間には唇をふさがれ、琴音の言葉は呑み込まれた。

「んぅ――！」

正臣が舌で歯列をこじ開け、強引に琴音の舌を吸う。

気持ちの中では懐柔されまいと全力で拒否したい琴音だったが、甘くとろけるような刺激に負け、気づけば舌を絡ませ合っていた。

この気持ちはなんなのだろう？　涙が出てくる理由は何？　なぜわたくしは正臣さんを拒めないの？

胸が痛い。切ないとはこういうときに使う言葉なのだろうと、琴音は思った。そして、どうして自分がいま切ない思いでいるのか考えようとしたところで、

「琴音、家に入ろう」

正臣が唇を離し、誘うようにささやいてきた。吐息が顔にかかり、じんと身体が痺れる。素直にうなずいてしまう自分を情けないと呪いながら、琴音は手を引かれてエレベーターを降りたのだった。

琴音はエプロンをつけて台所に立った。花嫁修業中に料理の仕方は完璧に覚えていたの

で、手際よく食材を処理していく。今夜のメニューは肉じゃがに秋の味覚であるサンマの塩焼き、ほうれん草のお浸し、味噌汁に白いごはんだ。

家に入ってから、正臣がキスの続きを迫ってくるようなことはなかった。先刻のキスはいったいなんだったのだろうと思いながら、琴音は逃げるように台所に駆け込んだのだった。

正臣はソファに座り、テレビを見ている。こういうとき対面式キッチンというのは困る。料理に集中したいのに、どうしても正臣が気になってリビングに目を向けてしまう。

しかし盗み見るような琴音の視線に正臣はついに気づき、とうとう目が合ってしまった。

慌てて目を逸らそうとした琴音に、正臣が声をかける。

「琴音、こっちにおいで」

さっきのことなど忘れたかのように、正臣は平然と微笑んでいる。

料理はだいたいできあがり、あとは肉じゃがが煮えるのを待つだけだった。

琴音は台所を出て、おずおずとリビングに足を踏み入れた。

ソファに座っている正臣が、薄く笑ったままこちらに向かって手招きしている。

琴音が隣に腰をおろそうとしたとき、正臣は琴音の下肢を両手で抱き込んで自らのほうに引き寄せた。

「きゃっ……!?」

転がり落ちそうになったところで、すとんと正臣の膝の上に横向きに座らせられていた。見あげればすぐ傍に正臣の顔があり、琴音の頬がかあっと赤く染まっていく。

「は、放してくださいっ」

身体をよじって正臣の腕の中から抜け出そうとするけれど、がっちりと抱き込まれていて動きが取れない。琴音は今度こそ懐柔されまいと虚勢を張った。

「彼氏さんがいらっしゃるのにこんなことっ……！」

こんなことは本来、彼氏、つまり三浦とするべきだ。そういう意味を込めたのに、正臣はいっこうに琴音を放そうとしない。それどころか琴音の言葉は、正臣の情欲をあおってしまったようだ。

「我慢できない、我慢できないいんだ」

琴音の首筋にキスを散らしながら、正臣は服越しに彼女の胸を揉んできた。

「そんなの、ずるい、です……！」

じゅんと、下腹部が熱く潤ってしまう。必死に抵抗するけれど、正臣の反対の手がスカートの中に入ってくる。太ももに手を這わされ、琴音はびくんと背を仰け反らせた。

「こ、婚約者の方だって、いくら〝ふり〟とはいえ正臣さんが知らない女性とこんなことを続けていると知ったら、ショックを受けてしまいますわっ」

婚約者の存在を思い出させようとするも、それすら正臣に効き目はないようだった。

「家出した婚約者なんて、もう見つからなくてもいいよ」

そんなことを言うものだから、琴音は参ってしまう。だけど、もし正臣の本当の婚約者が見つからなければ、彼氏の問題はあるけれど、このままこの部屋で正臣と暮らしていけるかもしれない……そんな想いが脳裏をよぎり、琴音は身勝手な自分を恥じた。

「そんなこと、冗談でも言うものではありませんわ──んぅ！」

唐突な口づけに、自分を律しようとした琴音は逆に屈した。

「んっ……ふ、ぁ……っ」

正臣は琴音の口腔内に舌を這わせながら、胸を揉み、臀部を撫でた。びりびりと痺れるような感覚に襲われ、快楽の予感に身を震わせる。

臀部にあった手が内側に回り、下着の上から指で秘所をまさぐる。

「琴音、もう湿っているじゃないか」

「だって……んん！」

噛みつくようなキスに、琴音があえぐ。気づけば琴音は正臣の首に腕を回し、彼を抱き締めていた。くちゅくちゅと音を立てて舌を絡め合っていると、唾液があふれ、飲みくだし切れなかった液体が口角からこぼれる。

正臣がカットソーの裾から手を入れ、ブラジャー越しに乳房を撫で回した。直に触れるようで触れない動きがもどかしく、琴音はもじもじと上半身をくねらせる。

「ん、んぅっ……あ、もっと……！」

「もっと、何？」

正臣のささやきが吐息となって、互いの口腔内で溶けていく。

やめられない甘いキス、とめられない心地よい愛撫に、琴音の理性は完全に失われてしまった。彼氏のことも婚約者のことも、もう頭にない。あるのは抑え切れない欲望だけだった。まだたった二回目なのに、琴音の身体は正臣を求めていた。

「意地悪、しないで……！」

そう懇願すれば、正臣の手が背中に回り、器用にブラジャーのホックをはずされる。解放された白い双丘の先端は既に、まるで正臣に触れられることを期待するかのように固くしこっていた。

正臣が琴音のエプロンを下にずらし、カットソーを鎖骨付近までたくしあげる。するとブラジャーからはみ出した乳房が微妙にあらわになり、いっきに扇情的な姿になった。

「こ、こんな淫らな格好……恥ずかしい、ですわ……！」

わずかに残っていた羞恥心を総動員させて胸元を隠そうとする琴音。そんな琴音の手首を束ねてつかみ、正臣は彼女をソファに押し倒した。

「うん、淫らだね。そそられるよ」

正臣はぺろりと舌舐めずりしてみせると、身動きの取れない琴音に覆い被さってきた。

「ひぁっ……！」

エプロンとカットソーの間からこぼれた肉房にかぶりつかれ、琴音の身体に電流が走る。正臣は赤く熟れた突起を舐めしゃぶりながら、ずれたブラジャーごと押しあげるように乳房を揉みしだいた。唾液をわざと口内に溜め、じゅるりと音を立てて乳首をすする。

「んぁっ……あ、や……んんっ」

「琴音。もう君の乳首が物欲しそうにとがっているよ」

くくっと喉を鳴らしながら、正臣がぴんと指先で琴音の乳頭を弾いた。

「ひうぅ！」

痛くはない絶妙な刺激に、知らず背筋が弓なりにしなる。

正臣は琴音を拘束していた手をとくと、両手を使って白い半球型の山をこね回した。素肌にエプロンの生地が擦れ、なんとも言えない快感が生み出されていく。

そのとき、鍋がひときわ大きくカタカタと揺れる音が聞こえた。肉じゃがが煮え、水分がなくなってきたのだ。

「お鍋の火を消さなくては……っ！」

琴音は淫らな格好のまま慌てて起きあがろうとしたが、それを正臣が押し留めた。

「今夜は肉じゃがよりも先に琴音を食べたい」

射貫くようにまっすぐな眼差しに、いまさらながら琴音はかあっと頬を赤らめる。

「で、でも正臣さん、火は危険ですわ」

「大丈夫。すぐに焦付消火機能が働くよ」

正臣が言った通り、間もなく肉じゃがの鍋が静かになった。どうやら最新型のキッチンには、鍋底が焦げつき始めると自動的にセンサーがガスをストップさせる機能がついているらしい。

正臣は片目をつぶってみせると、未だ頰を染めたままの琴音をソファの背に寄りかからせた。そして自分はソファからおりると、琴音の前にひざまずく。

「正臣さん……？」

何をされるのかわからなくて、不安げに正臣を見おろす琴音。

正臣は当然のように告げた。

「君を食べたいと言っただろう？」

そうして下着が見えないように閉じていた琴音の膝を持ち、足を大きく開かせる。足先はソファに載せられた。M字開脚のような体勢になり、琴音は慌てて足を閉じようとした。

「こ、こんなの……恥ずかしい！」

「すぐに気持ちよくなるよ」

琴音はスカートで下着を隠そうとしたけれど、正臣が膝立ちしてその手をとめた。

「これはもうジャマだな」

そう独りごちて、正臣は琴音の腰に手を回すと、エプロンの紐をほどく。頭から抜き去り、床に放り投げた。

たくしあげられたカットソーと下にずらされたままの白いブラジャーの間から、乳房がはっきりと存在を主張していることに気づき、琴音はまたもや慌てて手で胸元を隠した。

「琴音、手をどけて」

すぐに正臣にたしなめられ、琴音は困惑する。

「で、ですが……こんな明るい場所で、こんな格好は……」

この前は照明の落とされた寝室だったから、そこまで気になることはなかった。だけどリビングの明かりは煌々《こうこう》と灯っており、細部までをもはっきりと照らし出されてしまう。

「なら、こうするしかないよ」

正臣は仕方ないとでも言うようにおおげさなため息をつくと、傍に落としていたエプロンを持ちあげた。いったい何をするのだろうと不安げに見つめる琴音の両手首を束ね、紐の部分で縛りつける。

「ま、正臣さん！　こんなの、いやです！」

先ほどとは違い、手ではなく紐で完全に拘束されているので、自由に動かすことができない。琴音は涙目になって訴えたけれど、正臣は薄く笑うだけだった。

「いい光景だよ、琴音」

そうして縛られた状態の琴音の手首を彼女の頭の上に置き、ついでといった様子で唇に口づけてきた。

「んぅ――！」

身体の隠したい部分がさらされた状態はこのうえなく恥ずかしかったけれど、正臣のキスにとろけさせられる。気づけば琴音から舌を伸ばし、正臣の舌を追いかけていた。

くちゅ、ちゅっと、唇が合わさり、舌が絡み合う。

正臣は琴音がこれ以上抵抗しないことを見て取ると、彼女の手首から手を離し、その手を乳房に這わせた。琴音は縛られた両手首を頭の上に載せたまま、新たな刺激に大きく喉を反らせた。ブラジャーを完全に引きおろされ、たわわに実った果実があらわになる。

「あっ……や、んんっ……はぁっ」

正臣は琴音の唇から頬、頬から耳へとキスを散らしながら、白い双丘に手の平で円を描いた。甘やかな愛撫の心地よさに、琴音の口からは自然と淫らな声が漏れ出てしまう。

「ふぁあ……ぅん……あ、んぁ……！」

正臣の舌が琴音の耳殻に辿り着く。外耳をなぞるように舌が這い回り、琴音はぞくぞくする刺激に身を震わせた。その間にも正臣の手は乳房をこね回し、先端をとがらせていく。

「あ、ああ……正臣さぁんっ」

「琴音……可愛いよ」

耳元でささやかれ、鼓膜に吐息が吹きかけられる。正臣は耳の穴に舌を差し込み、ちゃぷちゃぷと出し入れし始めた。音が直に聞こえ、淫靡《いんび》な響きに琴音の頬がかっと熱くなる。

「んんっ……それ、やぁ……ダメ……！」

「何がダメなの？」

お仕置きとばかりに、乳首をきゅっとつねられた。

「ひぁ、うっ」

敏感になった尖端が疼痛を訴え、琴音が啼く。目尻に溜まった涙に気づき、正臣が優しく舌で舐め取ってくれた。

「ごめんね、琴音。もっと優しくするから。君がおいしすぎて、とまらないんだ」

「正臣さん……」

涙目で見あげる琴音。意地悪されても、正臣が夢中になってくれるのはうれしかった。自分が必要とされている気になるからだ。

正臣は琴音の首筋に舌を這わせ、つうっとなぞった。ぞくぞくと悪寒に似た震えが走り、琴音の身体がわななく。

「あぅ……！」

正臣は頭を下にずらして、再び乳房に唇を寄せた。今度は優しく、くすぐるようにちろちろと先端を舌でなぶられ、琴音は大きくあえいだ。

「はぁんっ……あ、んん……ぅ……っ」

乳頭はすっかり赤く色づき、琴音が呼吸で胸を上下させるたびに、誘う実のように揺れている。

「ああ……なんて君は甘いんだ」

感慨深げなため息をつきながら、正臣は桜色の実にかぶりついた。乳輪ごと口に含まれ、じゅっと音を立てて吸われ、琴音が身もだえる。

その間にも正臣の手は下へ下へとおりていき、足を開かされたままの琴音の太ももを撫でさすった。途端に股間に熱が集まり、反射的に足を擦り合わせようとしたが、正臣の身体が割って入っていたのでできなかった。もどかしさに、琴音が甘い吐息をこぼす。

「正臣さぁん、熱いっ……熱くてたまりませんわ……！」

「わかっているよ」

正臣は胸元でささやくと、焦らすように内ももを撫でていた手を琴音の股間に忍ばせた。そうしてすっかり湿ってしまっている下着のクロッチに触れる。

「ああっ」

琴音は歓喜に打ち震えた。濃厚な口づけも胸への執拗な愛撫も好きだけれど、秘所の快感は比べものにならない魅力があった。

「新しい下着をこんなにして、悪い子だね」

正臣がすうっと割れ目に手を滑らせる。琴音はびくびくと身体を揺すった。

「あん！　そ、そこ……っ」

「どこ？」

わかっているくせに、正臣がそんなことを言う。

琴音は涙を溜めた目で懇願した。

「そこを、もっと触ってくださいませ……！」

「それだけでいいの？」

「え――」

問われている意味に困惑する琴音の秘部を、正臣は下着の上から触ってきた。途端に、得も言われぬ快楽が押し寄せる。

「ああっ……あ、あ……気持ちいい……！」

陰唇の間をこねるように指先を滑らされ、琴音はびくびくと仰け反った。陰芯や蜜口に指の腹が当たるたび、電流に似た衝撃が足先から脳天までを貫いていく。

「琴音。どんどん濡れてくるよ」

「ああっ……そんなこと、おっしゃらないで……！」

正臣の言う通り、触られるごとにクロッチは湿り気を帯び、いまではぐっしょりと濡れてしまっている。

「これは栓をしないとダメかもしれないな」

「栓……？」

陶然としたままの琴音をよそに、正臣は頭をさげ始めた。大事な部分に正臣の顔が近づき、ようやく何をするのかに気づいた琴音が動揺する。

「ダメっ……そんなところ、汚いからダメですわ！」

「琴音の身体に汚い部分なんかないよ」

しかし正臣は当然のようにそう言うと、大きく開かれた足の間に顔を埋《うず》めた。

「ダ、ダメ――ひぁん!!」

濡れたクロッチの上から舌で秘部を舐められ、琴音の身体が跳ねる。手とはまた違う刺激にうろたえたけれど、快楽の度合いは確実に増していた。恥ずかしいのに気持ちよくて、いつの間にか物欲しげに腰を揺すってしまう。

正臣はクロッチについた蜜を舐め取るように、舌先を上下に動かしている。

「あ、ふぁっ……ん、あ……はぁっ」

興奮に息があがる。下着の上からとはいえ、あんなところに口づけられるなんて予想もしていなかった。白いレースの付いたパンティが、たちまち淫靡な色に染まっていく。

「ああ、感じているようだね。ここも勃起してきたよ」

正臣の愛撫で、包皮に覆われていた琴音の花芯が顔を出し始めていた。下着を押すようにつんととがり、その存在を主張している。正臣がそこを舌でつついた。

「ああん！　そこは――ダメ、ですっ」

「どうなっているのか、このままではよく見えないな」

正臣は琴音の声など聞こえないかのように言い、唐突にクロッチに手をかけた。下着が横にずらされ、琴音の陰部があらわになる。すうっとした外気に触れ、琴音はびくっと身体を揺らした。

そこはもう蜜まみれだった。とろりとした愛液が正臣の唾液と混ざり、花びらを一枚残らず濡らしている。

「いやぁ……正臣さん、見ないでくださいませ！　恥ずかしいです！」

けれどここでも正臣は琴音の言葉を無視した。秘められていた部分をじっくり視姦したあと、てらてらと光っている淫芽を舌先でちろりと舐めあげた。途端に何かが弾け飛ぶような快感が身体中を駆け抜け、琴音が嬌声をあげる。

「あっ、はぁん！」

下着の上から撫でられるのと、直に触れられるのとではこんなにも違うものかと、琴音は恍惚としながら感じていた。羞恥も吹き飛び、自ら差し出すように腰を揺らめかせる。

正臣はつんと上向いた肉粒をじゅっと音を立てて吸った。どうしようもない快感に襲われ、琴音はもうひたすらにあえぐしかない。

「ああ、んぁっ、ひぁっ……は、ん！」

「固くなってきたよ」

正臣はそう言って唾液を溜めた口腔内に隆起を収めると、くちゅくちゅとしごいた。悦びが琴音を満たし、身体の内側から何かが迫りあがってくるような気分に襲われる。その間にも蜜口からは花液がとろとろと流れ出ていた。

「ああ……やっぱり栓が必要だね」

琴音はようやくその意味に気づき、恥じ入るように顔を赤らめた。秘部にかかる正臣の吐息にさえ感じてしまい、もう自分では制御できそうにない。おとなしく正臣のするがままに任せた。

正臣はぐっしょりと濡れた蜜口に中指をあてがい、ちゃぷちゃぷと音を鳴らしながらゆっくりと奥まで挿入していった。

「あ、ああっ……あああ」

琴音の膣道は指を簡単に呑み込み、嚥下《えんげ》するようにうごめいた。それを見た正臣が続けざまに二本、三本と指を挿入していく。最初に身体を交じえたときには堅かった蕾はすっかりほぐれ、今では容易に指を咥え込んでいる。

「やっ……あ、そんなに……ダメっ……正臣さぁん、ああっ」

琴音はもうわけがわからないといった態で啼くしかない。

正臣が指の抽挿を始めると、ぐっちゅ、ずっちゅと淫らな水音が鳴り出した。

「あ、ああっ、んんぅっ、そこ、やんっ、あ！」

奥のつるりとしこった部分を突かれ、琴音はいやいやするように首を振る。けれど正臣はやめようとはしない。さらに奥深くに指を突き入れ、琴音を翻弄する。先ほど迫りあがっていた何かが再び首をもたげ、琴音のボルテージをあげていった。

「正臣さっ……わたくし、おかしくなりそう、ですっ」

出し入れされるたびに、身体の中心が熱く疼く。その根源がなんなのかわからなくて、琴音はいつの間にか涙をこぼしていた。

「おかしくなりなよ」

正臣が容赦なく指の抽挿を速めた。琴音の一番感じる箇所を激しく擦る。快感に快感が積み重ねられ、大きな波が迫ってくる。

「あっ……なんか、なんかきてしまいますわっ」

秘孔からはとめどなく蜜があふれ、今ではソファまでも濡らしていた。ぐちゅ、ず

ちゅっと淫猥な水音を響かせ、琴音が嬌声をあげる。

「も、もうっ……ダメ――!!」

瞬間、琴音はびくんと背中を大きく弓なりにしならせた。手足の末端まで痺れが走り、下腹部が激しく痙攣《けいれん》する。正臣の指を咥え込んでいる赤い洞が蠕動《ぜんどう》運動を始め、奥へ奥へと誘った。すさまじい愉悦に支配され、琴音の意識が白く弾け飛ぶ。

どうしようもない快楽の余韻に身を震わせながら、我に返った琴音は涙目で正臣を見つめた。

「いまのはいったい、なんでしたの……?」

「いまのが絶頂だよ。いくってことさ」

琴音に絶頂を味わわせたことがうれしいのか、正臣は微笑みながら、いまだ小刻みに震える花筒からちゅぷりと指を引き抜いた。

「あうっ……!」

急な喪失感に、どっと脱力してしまう。

「琴音。ほら、これが君が感じていた証だよ」

蜜まみれとなった指先を目の前に掲げられ、琴音は羞恥のあまり顔を背けた。

「やっ……そんなこと、言わないでくださいませ！　見せてほしくはありません！」

しかし正臣は、琴音の声など聞こえていないかのように振る舞う。

「でも、ダメだね。こうして栓をしても、いくらでもあふれてくるから」

すると前触れなく衣擦れ音が聞こえ、不思議に思った琴音は正臣のほうに目を戻した。そしてこくりと喉を鳴らして息を呑む。

「やっぱり琴音には、これじゃないとダメかもしれないな」

先ほどから正臣はまるで日常会話のように淫らな台詞を吐き続けており、あまつさえ彼はいまジーンズの前をくつろげ、太く長い自らの分身を取り出していた。

突然の出来事に、琴音は恥ずかしさも忘れてじっと見入ってしまう。男の象徴の平均的な大きさを知らない琴音だったが、正臣の肉棒は大きすぎるように感じられた。つい昨日、あんなものが自分の中に入っていたなんて、未だに信じられない。そしていままさに、正臣は琴音の中に入ろうとしていた。

「今日は充分にほぐしたあとだから大丈夫だと思うけど――琴音、俺を受け入れてくれるかい？」

懇願するような正臣を前に、琴音は戸惑った。

「でも……」

琴音はあくまで仮の婚約者だ。自分の婚約を破談にさせるために昨夜は正臣に処女を捧げたが、こういう行為は一度すれば、それだけで充分証拠になるように思える。そんな意味を込めて正臣を見あげれば、彼は切なそうに琴音を見つめていた。その眼差しに、琴音は根負けしてしまう。

「わかりました。正臣さんがそこまでおっしゃるなら――」

「琴音……」

正臣の端正な顔に笑みが刻まれる。床に膝立ちになった正臣が近づいてきた。正臣との性交は初めてではないのに、なぜか琴音は緊張してきた。その理由のひとつに思い当たり、琴音は頭の上に載せたままだった手をおろす。

「正臣さん、ひとつだけ……これをもうはずしてくださいませ」

琴音は拘束されたままだった手首を差し出した。このままだと琴音ばかりが攻められる一方だし、正臣に触れられないこともどかしかった。

「俺から逃げないと約束してくれる？」

「当たり前ですわ」

きょとんとする琴音に、正臣は複雑そうな表情を浮かべた。

「どうしてそんなことを……わたくしが正臣さんから逃げる理由なんてありません。だって、契約なんですから」

正臣はもう何も言わなかった。先ほどの言葉には、いまから始まる行為のこと以外も指しているように思われたが、琴音の思考はすぐに遮断された。正臣が張り出した肉傘を琴音の蜜口にあてがってきたからだ。

「あっ……！」

ぐっしょりと濡れた花びらをならすように先端で上下させられただけで、全身の肌が粟立った。これから起きることへの期待からか、またとろりと蜜壺から蜜があふれ出す。

正臣がゆっくりと腰を押し進めてきた。亀頭がにゅぷりと膣口に埋まり、蜜にまみれる。快感の予感に、琴音はふるりと身体を震わせた。

「あ、ああっ」

ず、ずずっと徐々に剛直で隘路を広げられ、膣壁を擦られる感覚に琴音があえぐ。ついさっき感じたばかりの虚脱感は、もう跡形もなくなっていた。

「琴音っ……く――」

正臣が琴音の両足を抱えあげ、ぐっと竿の部分を最後まで突き入れてくる。くちゅりと淫らな音を立てて、ついに正臣の陰茎が琴音の秘孔をいっぱいにした。

「正臣さ、んっ」

きゅんと下腹部が痺れ、琴音は正臣の背に手を回して彼を抱き締めた。

正臣がゆるゆると腰を動かし始めると、そのたびにくちゅ、ちゅっと淫らな水音が鳴る。

「あ、んんっ、ひっ、あぅっ、んぁあっ」

「ああ、琴音……君の中はなんて熱いんだ」

正臣はとろけるような顔をした琴音の唇をついばみながら、抽挿を繰り返していく。

「ん、むぅっ、んんっ、は、あっ」

軽いキスはすぐに濃厚なものになり、互いに舌を追いかけ合った。その間にも、ずっくずっくと正臣は琴音の中を穿《うが》っていく。

「琴音、琴音」

「正臣さん、正臣さん」

呼気を混ぜ合わせながら名前を呼び合う。吐息が互いの口腔内で溶けていく。

琴音は正臣を離したくない一心で、ぎゅっと彼をかき抱いていた。つながるたびに、苦しいほど正臣がいとおしいと感じてしまうのだ。一度つながり合ったから情が湧いたのだろうか。しかしいまの琴音にはその理由がわからない。

灼熱の楔《くさび》に貫かれ、琴音は幸せの絶頂にいた。

「あっ、んぁっ、は、ああんっ、あっ」

正臣は肉棒をずるりと先端まで抜いては、ずぷりと奥まで入れる行為を繰り返した。ときおり腰を押し回し、抽挿を緩やかにして、快楽に躍る琴音を翻弄する。

「正臣さぁんっ……や、あっ……わたくし、また――！」

身体の内側が震え、熱が奥から迫りあがってくる。先ほど体験したばかりの絶頂がまた近づき、琴音は自らも腰を揺すっていた。

額に汗をまとった正臣が、そんな琴音を前に、にやりと口の端をあげる。

「いやらしいな、琴音」

いつもの琴音なら羞恥に顔を染めていたところだったが、いまはもう次々と襲いかかる快楽しか感じることができなかった。

「あ、ああっ……ダメ、ダメですわっ……これ以上は――！」

くうっと琴音が息を詰めた。正臣を抱く手の力を強め、足の爪先を丸める。衝撃に備えるような姿勢になると、正臣が命令してきた。

「いいよ、いって」

琴音は言葉通り、次の瞬間には絶頂に達していた。びくんびくんと背を仰け反らせ、悦楽に身を任せる。視界が白く弾けた。

「くっ……琴音！」

正臣の眉間に皺が寄った。達したことで琴音の下腹部ががくがくと震え、正臣を無意識に締めつけていたからだ。隘路を行き来する正臣の昂ぶりが、ひときわ大きく膨れた。

「俺も、いってしまいそうだ」

「正臣さん、きてくださいませ」

興奮が収まってきた琴音は、昨日と同じで正臣が避妊具を使用していないことに気づいていた。彼がどんな意図で直に交わろうとするのかはわからなかったが、琴音はそれでもいいと思っていた。最初は一度の既成事実さえ作ってしまえれば、政略結婚から逃れられると考えていた琴音だったが、それだけではダメかもしれないと懸念するようになっていたのだ。

もし正臣との間に子供を宿したら……もうあと戻りはできないのだから、それこそ両親に口出す暇を与えずに済むだろう。だから今日も正臣を受け入れたい。

「琴音、琴音っ」

正臣の抽挿が激しくなる。室内には淫靡な匂いが広がり、ぱんぱんと肉が打ちつけられる大きな音が響いていた。

「正臣さん、正臣さぁんっ」

琴音が強く正臣を抱き締めた瞬間、彼はぐっと腰を押しつけてきた。琴音の子宮に熱い飛沫《ひまつ》をぶちまけ、最後の残滓《ざんし》に至るまで注ぎ込まれる。途端に充足感に支配され、琴音は甘い吐息をつく。

「琴音……特別だよ。本当に君は特別なんだ」

正臣は琴音に覆い被さり、うわ言のようにそうささやいた。琴音はそれで満足だった。正臣にとって特別であれば、もうそれだけでいい。

「わたくしも、わたくしも正臣さんが特別ですわ」

琴音はそんな正臣を抱き締めながら、心身ともに満たされた気分に浸っていたのだった。

第四章　妊娠したかもしれません！

翌日から三日間を、琴音は主婦のようにすごした。

朝、正臣が出社するのに合わせて起き出し、昼は洗濯や掃除などの家事を済ませて、夜は夕食を作って彼の帰りを待つ——正臣の婚約者の代わりにすぎないけれど、家で誰かを待って、いろいろすることになぜか幸せを感じている自分がいて、ちょっと不思議な気分になる。結婚したら、毎日こんな気持ちになるのだろうか。

「今日は大学だろう？　車で送って行こうか？」

正臣がクローゼットからネクタイを二本取り出し、琴音に差し出す。琴音はピンク色のほうを選ぶと、そのまま正臣の首にかけた。

「ここから歩いて十分もかかりませんのよ。大丈夫ですわ」

紺色のスーツと青いシャツに、バーベリーのピンク色のネクタイがよく映え、琴音は満足そうに正臣を見あげた。正臣が微笑む。

正臣は毎朝、こうして琴音にネクタイを選ばせては結ぶところまでやらせてくれる。それから一緒に玄関に向かい、琴音が運んできた鞄を持って家を出る。それは琴音にとって至福のときでもあった。正臣の役に立っている自分というものを確認できるのがうれしかったのだ。

「じゃあ、行ってくるよ」

「行ってらっしゃいませ」

正臣が革靴を履き、琴音を振り返る。エプロンをつけた彼女の頰に軽いキスをしてから、再び前に向き直ってドアを開けた。毎朝の恒例行事なのに、それだけでかあっと頰が熱くなる。

笑顔で手を振る琴音に向かって手を挙げてから、正臣は仕事に出かけて行った。

いつもならこのあと朝食のあと片づけをしてから洗濯機を回すところだったが、今日は正臣が言った通り木曜日で、琴音は二限目にあるゼミに出席するために準備する必要があった。

主寝室に戻ると、もう馴染みとなった女性用のクローゼットを開ける。これは本当の婚約者のものだと言い聞かせてはいても、毎日使用しているとすっかり愛着が湧いてしまった。いろいろな素材や種類の服があることに加え、選びたい放題なので、うとかったオシャレも楽しくなってきたところだ。今日は白のハイネックニットに茶色のスカート、金色のボタンのついた紺のPコートを選んだ。これに靴はローファー、そして赤いチェックのマフラーを合わせるつもりだ。

ちらりと目に入った男性用のクローゼットに、不審はもう抱かなくなっていた。なぜならこの三日で、正臣がそれを普通に使用していることがわかったからだ。サイズが小さいように感じられたのは、疑心暗鬼になっていた琴音の気のせいだったらしい。それに併せて、正臣がホモセクシャルだという事実も深く考えないようになってきていた。三浦が彼氏だと推測したのも、いま思えば勘違いだったと言い切れる。この三日間、琴音が知る限り、正臣が三浦の元に通うような素振りはなかったからだ。もちろん、三浦が『ラ・ペジーブル・ジャルダン』を訪れることもなかった。仕事が終わると、まっすぐ琴音の元へ帰ってくれていた。ただ、疑問に思うことはひとつある。

当初、あれだけ彼氏がいるから貞操の危機はないと明言していたのに、正臣とはあれから一日も欠かさず身体を重ねていたのだ。もはや身体をつなげることが日課となっていると言っても過言ではない。

本当に正臣はホモセクシャルなのだろうか？　そんな疑念が、琴音の頭をよぎる。

そんなことを考えているうちに、二限が始まる時間が迫ってきていた。身支度を済ませた琴音は思考を中断させ、急いで鞄を準備すると、最後に火の元のチェックをしてから家を出た。鍵をかけ、エレベーターに乗り込む。エントランスに着くと、こちらももう馴染みとなった片岡が挨拶してきた。

「おはようございます、久世さま」

「おはようございます、片岡さん。今日は久しぶりの大学ですの。昼すぎには戻ります」

片岡にわざわざ予定を言う必要はないのだけれど、ここ数日、出かけるたびに彼女と顔を合わせていたことで、すっかり心を許せるようになっていたのであった。〝久世さま〟と呼ばれることにも慣れてしまった。

「さようでございますか。久世さま、行ってらっしゃいませ」

「ええ、行って参りますわ」

笑顔の片岡に見送られ、琴音は『ラ・ペジーブル・ジャルダン』をあとにした。


気温は平年を下回っていたけれど、今日の空模様は晴天でまさに秋晴れだった。最初こそ気分よく大学に向かっていた琴音だったが、大学が近づくにつれて憂鬱になっていった。ゼミは親友の綾香と顔を合わせることになるからだ。

ケンカ別れをしたあとで、もう親友と呼んでいいのかわからなかったけれど、琴音はなんとか仲直りしたいと思っていた。普通に会話をすることは元より、これまで琴音が恋愛自体への興味に乏しかったせいで、あまり話題にのぼることがなかった綾香の彼氏のことを聞いてみたい。恋をしてみたいと思っているいまならきっと、綾香と気持ちを共有できるはずだ。そんな忌憚《きたん》のない話ができるのも、自分を理解してくれるのも、やはり綾香しかいない。

この数日間、正臣と一緒にいられたことは本当に幸せだったけれど、その幸せを分かち合えるひとがいないことはとんでもない痛手だった。綾香に相談したいことも、綾香から客観的な意見を聞きたいことも山のようにあった。

会えばなんとかなる——そう考えていた琴音は、さっそく自分の甘さを思い知らされた。教室に入ってきた琴音を見て、綾香はさっと目を逸らしたのだ。笑顔を向けようとしていた琴音は、出鼻をくじかれた形となってしまう。それでもなんとか空いていた隣の席に座ったけれど、ゼミの間中、綾香は一度もこちらを見ようとしなかったし、授業の要である議論さえしようとしてくれなかった。担当教授やゼミ長が、ふたりの間の不穏な空気を察して気遣ってくれたほどだ。

チャイムが鳴ると、綾香はさっさと筆箱やノートを片づけて席を立ってしまった。慌てた琴音はおざなりに机の上にあったものを鞄に放り込むと、急いで綾香のあとを追った。綾香はもうドアを開け、廊下に出てしまっている。気づけば琴音は、ベージュのニットにスキニージーンズ、リュックサックを背負った綾香のうしろ姿に向かって叫んでいた。

「綾香！」

綾香がぴくりと肩を揺らし、立ち止まる。しかしほんのわずかのことで、すぐに再び歩き出してしまった。

琴音は胸が痛くなり、泣きそうになった。自分はもうどうにもできないほど綾香にきらわれてしまったのだろうか。

「あ、綾香……！　わたくし、わたくし——」

親友を呼ぶ琴音の声が震える。綾香はやはり振り返らない。すたすたと、スニーカーで足早に歩いていく。このまま別れたらきっと、綾香とはもう一生こうしてギクシャクした関係のままになってしまうだろう。だからなんとかして綾香を振り向かせたい——その一心で出てきたのが、次の台詞だった。

「妊娠したかもしれません！」

するとさすがに綾香がぎょっとしてこちらを振り返った。しかしこれには廊下を行き来していたほかの学生たちをも驚かせ、その場にいた全員の視線を集めることになってしまう。

しかしいまの琴音には、そんなことはどうでもよかった。綾香がやっと自分を見てくれた——それだけで涙があふれてくる。

「だから相談に乗ってくれる綾香がいないと、わたくし、わたくしっ……子供を産めません！」

綾香がこちらに向かって走ってきた。しゃがみ込む琴音の肩を抱き、支えてくれる。しかしその形相は怒りに染められていた。

「妊娠ってどういうことなの⁉　どうしてそんなことになったのよ⁉」

「そ、それは——」

琴音の双眸に涙がにじむ。相談に乗ってほしいとは思ったものの胸がいっぱいで、この数日間の出来事をどう綾香に話していいのか言葉に詰まる。綾香が無視せず自分の元に来てくれたことも一因していた。

そんな琴音を、綾香が一転、同情するように見つめてきた。

「……もしかして私がいなかったから、そんなことになっちゃったの？」

ため息をつく綾香の背に手を回しながら、琴音はひっくひっくとしゃくりあげた。

「そうですっ……綾香がいないとわたくし……！　綾香……ごめんなさいっ……この間は、本当にごめんなさい‼」

廊下の真ん中で、周囲の目をはばかることもなく、琴音と綾香は抱き合っていた。そしてひたすらに、琴音は先日の件を謝罪し続けた。

ごめんなさいと繰り返す琴音に、綾香は首を横に振った。

「私こそ、子供みたいなことしてごめんね。私も悪かったんだよ。琴音のこと、もっとちゃんとわかってあげればよかったって後悔していたの。琴音のことわかってあげられるのは、私しかいないのに」

「綾香っ……」

そんなこと言ってくれるのは、この世にただひとり、綾香しかいないだろう。すがるように綾香の胸に顔を埋めていた琴音が目をあげると、綾香も泣きそうに顔を歪めていた。

琴音はそんな綾香の面差しを見つめながら、震える声で問うた。

「では、わたくしを許してくださいますの？」

綾香は間断なく首肯した。

「もちろんよ。だって私たち、親友じゃない」

「綾香‼」

琴音は再び綾香を強く抱き締めた。綾香も琴音をしっかりと抱き留める。

「琴音、誕生日おめでとう。遅くなってごめんね」

「そんなこと、いいのです……！　ありがとうございます、綾香……！」

行き交う学生や教授たちが奇異な目で見つめる中、ふたりはしばらくその場で友情を確かめ合っていたのだった。


「それで毎日、避妊もせずに抱かれているわけ」

先ほどの感動がまるで嘘だったかのように、綾香は琴音を叱りつけた。

「避妊しないことで傷つくのは女のほうなんだよ⁉」

ふたりは涙の再会のあとすぐ、誰もいない空き教室に入った。綾香は三限目も講義があったのだが、琴音のためにわざわざ休んでくれたのだ。そこで落ち着いた琴音はさっそく綾香に、ここ数日の出来事を話して聞かせたのだった。

世間知らずの琴音は、自分がどんなに無謀なことをしようとしているのかにようやく気づかされたが、気持ちは変わらなかった。

「でもわたくしは、どうしても婚約者との結婚を破談にさせたいのです」

既成事実を作った以上、おそらく婚約は破談になるだろう。それにもかかわらず無理に結婚話を進められたとしても、妊娠がわかれば両親も相手側もさすがに諦めがつくに違いない。その想いを綾香にも伝えたら、彼女は深いため息をつきながらも琴音に共感を示した。

「その気持ちは私だってわかるよ。ナオくん――彼氏が好きだから、結婚や妊娠するなら彼氏以外の男とだなんて考えられないもの」

「なんですって？」

意外な綾香の言葉に、琴音は思わず聞き返していた。綾香が大きなため息をつく。

「琴音、まだ気づいてないの？　あんたはその正臣さんが好きなんだよ」

「えっ……ま、まさか、そんなはずがありませんわ！　だって正臣さんには彼氏も婚約者もいて――」

「そんなこと抜きで好きになっちゃったから、何度も生でエッチしちゃったんでしょうが」

綾香の深い嘆息に、琴音は動揺していた。

「そ、それは流れというか日課というか、婚約者のふりをするという契約ですから仕方なく……」

「まっすぐな琴音がそんな理由で男に身体を預け続けるとは、私には思えないけどね」

的確な綾香の指摘に、琴音は押し黙った。

「それで子供ができたとして、それからどうするの？」

「どうするって……」

琴音は言葉に詰まった。そう言えば先のことなんて考えていなかったと、改めて自分の無鉄砲さに気づく。

「琴音は心のどこかで、子供ができてしまえば正臣さんが彼氏や婚約者と別れてくれる、自分の元に残ってくれれば、その先は何とかなるとか思ってるんじゃないの？」

綾香に鋭く指摘され、琴音は自分の思慮の浅さを恥じた。

「厳しいこと言うようだけど、このまま琴音の政略結婚が破談になるとしても、それは正臣さんにはなんの関係もないことなのよ」

琴音は二の句も継げない。綾香の言うことは正しい。表面上ではきれいごとを並べていても、琴音は妊娠を、自分の結婚を破談にする手段にしたいだけだったのだ。そんなことに利用され、結果として生まれてくる子供がかわいそうだ。自分はなんて浅はかだったのだろうと、琴音は消沈する。

「では……わたくしはいったい、どうしたらいいのでしょうか？」

本当に正臣に恋をしているのかどうかはともかく、正臣の傍にいると、このうえない幸せを感じるのは事実だ。このままずっと、何もないふりをして仮の婚約者を演じていても、いずれ契約の期限がやってくる。正臣とはいつか必ず離れるときがやってくるのだ。それは最初からわかっていたことなのに……。そのときが来たら、自分はいったいどうなってしまうのだろう。

琴音が思案に暮れている中、綾香は冷静に彼女の立場を分析していた。

「正臣さんに正直な気持ちを伝えてみたら？」

「それなら何度も伝えていますわ。わたくしにとって正臣さんは特別な存在なのだと。そのたびに正臣さんも、わたくしを特別だと言ってくださるのです」

「そうじゃなくて」

きょとんとする琴音に、綾香は説明し始めた。

「話を聞く限り、その正臣さんは何かはぐらかしている感じがするのよね。彼氏だか婚約者だか知らないけど、そんな存在がいるくせに、琴音を高級マンションに閉じ込めて自分のものとして扱っているのだから。それも〝特別〟だなんてあいまいな言葉を使って。最初は確かに、〝ホモセクシャルだから貞操の危機は心配ない〟と、彼は言ったのでしょう？」

「ええ」

「そこに嘘はなかったと思うの。それにもかかわらず琴音に手を出した理由がわからないのよね。絶対に何か隠してる気がするの」

「でもそれはきっと、わたくしから抱いてほしいと言ったからですわ」

「そこまで節操のない男なわけ？」

「まさか！」

琴音は慌てて手と首をぶんぶんと横に振った。

「正臣さんは街を歩いていても振り返られるぐらいハンサムで素敵な方ですのよ。性行為だって、わたくしが既成事実を作るために望んだからにほかなりませんわ」

あくまで自分の意思で正臣に身体を預けたのだと、琴音は正臣をかばうように続けた。

突っ込みどころは満載だったが、綾香は親友として根気強く琴音の話を聞いていた。

「琴音が正臣さんにある種の運命を感じちゃったことはよくわかったけど、当の彼の本心がわからなければなんの解決にもならないわよ。彼氏も婚約者もいて、琴音を避妊もせずに抱く理由が知りたいわ」

確かに綾香の言う通り、既成事実が欲しいと思っているのは琴音のほうで、正臣には関知しないことだ。それなのに正臣は、最初から避妊具なしで琴音を抱いている。

「綾香。わたくし決断しましたわ。今夜、正臣さんに本心を聞いてみます」

「それがいいよ。何かあったら、すぐに連絡して。いつでも力になるから」

照れくさそうに言う綾香の言葉がうれしくて、琴音は微笑んだ。

「もちろんですわ。綾香もいつか〝ナオくん〟さんのこと聞かせてくださいね」

「わかった。もう自由に外出できるんだから、今度は女子会だね」

琴音と綾香は笑い合う。本当に仲直りできてよかったと、琴音は心から思っていた。


まだ講義を残す綾香と構内で別れたあと、琴音はひとり校門を目指して歩いた。

イチョウの並木道を通り、大学の門柱が見えてきたところで、黒塗りの高級車が停まっていることに気づいた。一瞬、正臣が迎えにきてくれたのかと錯覚してしまったが、近づくにつれてすぐに、それが野宮家のメルセデスベントであることがわかった。裏門に回ろうと琴音はすぐさま踵を返したが、野太い声に呼びとめられてしまう。

「お嬢さま。お迎えにあがりました」

多くの女子学生が行き交う中、目ざとく琴音を見つけられる人物はひとりしか思い当たらない。幼い頃からの琴音を知る野宮家の執事——黒沢だ。長身痩軀《そうく》、白髪の混じり始めた髪をうしろに撫でつけ、眼鏡の奥の瞳を厳格そうに細めている。名前と同じ黒のスーツ姿の彼は、後部座席のドアを開け、琴音が来るのを待っていた。

「黒沢……なぜここにいるのです？」

琴音はじりとあとずさりながら、黒沢を詰問した。家出をしたといっても立場は上なのだ。萎縮する必要はない。毅然と相対すればいいと思っていながらも、身体は反射的に逃げようとしてしまう。

「お嬢さまが大学に来られるのが、この日だけだと存じておりましたので」

黒沢のほうに動じる様子はなかった。武術の稽古をしていた琴音にとって、ここから走り去るのはたやすいが、同じく野宮家で長年鍛えられてきた黒沢から逃げ切れるかどうかは未知数だった。自分を捜しているであろうひとたちの中でも、一番遭ってはいけない人物だったのだ。

おそらくあの土曜日以来、琴音を捜すための人員が四方八方に出されていたはずだが、琴音が大学に来る日がわかっていたので、彼らもこの日をあらかじめ狙っていたのだろう。綾香から警察に捜索願いを出していないようだとは聞いていたが、その理由がわかった気がした。

「……初歩中の初歩のミスでしたわね。でも残念ですが、わたくしは帰りませんわ」

琴音には正臣に真意を問いただすという大事な使命が待っている。いま実家に戻されるわけにはいかなかった。琴音が帰るべきは、『ラ・ペジーブル・ジャルダン』なのだ。片岡にも昼すぎには戻ると言っているのだから。

しかし黒沢にも譲る気はないらしい。

「いいえ。今日はお帰りいただきます。旦那さまと奥さまがお待ちだからです」

「お母さまだけでなく、お父さまも……？」

怪訝な顔をする琴音に、黒沢はうなずいた。

「この日のために、予定を空けておいででした」

父親の彰彦《あきひこ》はこの地域一帯の地主で、不動産業を幅広く営んでいる。また港区の区議会議員でもあり、区民の意見を聞いたり相談に応じたりと、区に対する要望を把握することに努めている。彰彦の場合、旧家の家長であることも手伝って、地元組織の顔役のような存在でもあった。

よって一緒に暮らしていても顔を合わせる暇がないぐらい忙しい日々を送っているはずなのだが、わざわざ琴音のために予定を空けたということは、話の内容はひとつしかないだろう。

「婚約のことですのね？」

確認する琴音に、これも黒沢は従順にうなずいた。

「さようでございます」

　琴音は少しだけ迷ったが、婚約を正式に破談にするいいチャンスだとも思った。どうせいつかは実家に帰って、正臣のことを告白しなければならなかったのだ。母の絹華《きぬか》だけでなく父の彰彦もそろっているのは逆に都合がいいかもしれない。

「わかりました。今日は実家に参りますわ」

　意を決した琴音は、〝今日は〟という部分を強調してから、黒沢に促されるがまま車の後部座席に乗り込んだのであった。


かぽんと、ししおどしの音が鳴る。季節の山水を模した庭園が眺められる和室で、琴音は座布団に座り、父母と向かい合っていた。絹華は着物姿、彰彦は仕事の合間なのかスーツを着ており、先ほどから両者にらみ合う展開が続いている。うしろには黒沢が控えていた。

　この状況に先に痺れを切らしたのは琴音だったが、口火を切ったのは彰彦だった。

「琴音。この数日、お前が何をしていようと、それは問わないことに決めた。そんなことを問うても意味がないし、それでまたお前に逃げ出されてはたまらないからな。その代わり、予定通り結婚はしてもらう」

　彰彦の恰幅《かっぷく》のよい身体つきと鷹のように鋭い眼光におののきそうになるが、琴音は負けじと言い放つ。

「ご期待を裏切って申し訳ございませんが、わたくしはその方とは結婚いたしません」

「琴音さん。お相手が誰かもご存知ないのに、それは早計ではありませんか？」

絹華が口を挟んできた。長い髪を結いあげた絹華は琴音に瓜ふたつで、琴音に二十歳ほど年齢を加えたような顔立ちをしている。大きな違いは目元にほくろがあることぐらいだろう。

「お相手はうちと同じ公家出身の旧家のお家柄ですのよ。家格に釣り合いが取れているうえに、社会的にも経済的にも地位のある御方ですわ」

「わたくしにはもう傍にいたいと思う方がいるのです」

根気強く言う琴音に、絹華は耳を疑うようなことを口にした。

「それは久世正臣さんなのではなくて？」

「な、なぜそれを……⁉」

驚愕に目を見開く琴音に、彰彦が説明を加える。

「なぜも何も、お前の婚約者は元々、久世正臣くんだったからだよ」

正臣の家は琴音の家と同じ旧家であり、旧華族であるという。華族とは明治時代に成立して現在は廃止となった身分制度のひとつで、国民を階級別に分けたうちの一番上の身分を指す。その中でも野宮家と久世家は、江戸時代に公家の貴族だった家が華族になった公家華族であり、伯爵の爵位を与えられていた。

旧家・旧華族が現代の政治や経済を支配してきたように、野宮家は政治の道へ、そして久世家は経済の道へと足を進めてきた。久世家はまた、久世一族の独占的出資による資本を中心に結合した経営形態を持つ旧財閥で、海運業、造船業、鉄道や貿易と、時代の流れに合わせた商業展開で目覚ましい発展を遂げてきたという。近年はグループ会社を設立し、銀行業や保険業などを含む幅広い分野で力を発揮しているらしい。経済的なうしろ盾を得たい野宮家と政治的なうしろ盾を得たい久世家の政略的な思惑が、今回の琴音と正臣の婚約につながったのであった。

「では最初から、わたくしは逃げようとしていた婚約者と出会っていたのですね……？」

信じられない事態に呆然とつぶやく琴音に、彰彦がうなずいた。

「お前が家を出たことに気づいてからすぐに捜索のためにひとを出したが、当の正臣くんと一緒にいるということで偵察に切り替えたのだ」

「お友達の綾香さんがうちにいらっしゃったときにはもう居所が判明していたので、警察への捜索願いは出さないと申しあげたのですよ」

絹華が言葉を継ぎ、琴音は合点がいく。

それで綾香はあのとき、琴音の捜索に両親が焦っているようには見えなかったと言っていたのだ。その時点ではもう琴音の居場所が突きとめられていたから。けれども綾香には事実は知らされていなかったので、彼女がひとりで琴音を捜すことになってしまい、その後の誤解を生むことになったわけだ。

それにしても偵察とは穏やかでない。琴音は眉根を寄せた。

「わたくしをずっと監視していたのですか?」

「黒沢がな」

彰彦が顎をしゃくり、琴音が振り返る。黒沢が深く頭を垂れていた。

「琴音さんに間違いがないように、見守っていただけですのよ」

絹華がそう補足するが、実家から完全に逃げ切れていたと思っていた琴音にとって、気分のいい話ではない。だからつい、詰問するような口調になってしまう。

「婚約者が正臣さんだと知っていたから、野宮家のひとり娘がマンションで男性と同居していても放置していたということですか?」

「放置って、お前はそれを望んでいたんだろう?」

彰彦に言われ、琴音はたじろいだ。

「それはそうですけれども……」

「まあ、結果的にはそういうことになるがな」

しかし……と、彰彦が話を続けた。

「いつまでも正臣くんから逃げる様子がないから、お前もそれを承知しているとばかり思っていたぞ」

「どういうことです?」

怪訝な表情をする琴音に、絹華が答える。

「正臣さんのほうは琴音さんが婚約者であることを、最初から知っていたからですわ」

「え――!?」

衝撃を受ける琴音に、うしろから黒沢がさらなる衝撃の事実を告げる。

「私と正臣さまは一日に数回コンタクトを取っておりました。それでお嬢さまがあのマンションでどのように生活をされているのか、旦那さまと奥さまにご報告することができたのです」

だから逆に安心していたのだと、彰彦と絹華が言う。

まったく知らなかった。独立した気になっていたのに、まさか両親の手の平の上で転がされていたとは。それも正臣が裏で糸を引いていたなんて。婚約者のふりをしてほしいなどと言っておいて、最初から琴音をまるで本当の婚約者のように扱ってきたのは、こういう事実が背景にあったからだったのか。

「信じられませんわ……なぜ、正臣さんはわたくしに何も言ってくださらなかったのでしょう……？」

「知ってしまったら、お嬢さまが逃げてしまわれると思ったからではないでしょうか」

隠されてきた怒りに震えながら自問する琴音に、黒沢が遠慮がちに口を開いた。

「お嬢さまには色眼鏡で見られることなく、ありのままの自分を知ってもらいたいと、そうおっしゃっておいででした」

「正臣さんが、そんなことを……」

だまされていたのかもしれないと、ふつふつと湧きかけていた憤怒は、途端にしぼんだ。

追い打ちをかけるかのように彰彦が言う。

「正臣くんは正式にお前をめとりたいと、この家にも挨拶にやってきたのだぞ」

「えっ……それはいつのことです⁉」

琴音はぎょっとする。正臣とは土曜日から毎日一緒にいたのだ。さすがに出社後の足取りまではわからないけれど、仕事をさぼってまでこの家に来ていたとは思えない。

「土曜日ですよ。琴音さんに一目惚れしたと、切実に訴えていらっしゃいましたわ」

絹華の言葉に、正臣が野暮用の消化といくつか電話をかけたいと言って、マンションの部屋を案内せずに自分を駐車場に置いていったことを思い出した。それは誕生日プレゼントの用意だとばかり思っていたけれど、野宮家に行くことも含まれていたのだろう。彼が最初、婚約者に会ったことがないのかという琴音の質問に「ある」と答えたのは、婚約者である当の琴音が目の前にいたからに違いない。

「わ、わたくし、正臣さんにお会いしなければ……！」

気づけば琴音は、すっくと立ちあがっていた。

正臣に会いたい。正臣の気持ちを確かめたい。

しかし彰彦と絹華がそれをとめた。

「待ちなさい、琴音。真相がわかった以上、もうお前があのマンションで同居を続ける必要はないだろう。そろそろ頃合いだと思っていたのだ」

「そうですよ、琴音さん。正臣さんを気に入ったのは喜ばしいことですが、結納など、しっかりと手順を踏んでからでも遅くはありませんよ」

今日はだから黒沢に迎えに行かせたのだと、ふたりが言う。

けれども琴音には、それでは遅いと思える理由があった。

「お父さま、お母さま、それではダメなのです。わたくしには真相の真相を確かめる必要があるのです！」

正臣が婚約者である自分に一目惚れしていた——その事実は正臣を特別だと思っていた琴音を歓喜させたが、そんな彼女に彼はとんでもない性癖を告げていたのだった。

彼氏がいる。そう、正臣は琴音が婚約者だと知っていながら、自分をホモセクシャルだと公言したのだ。下世話な言い方をすれば、自分は〝攻め〟で〝サディスト〟だとも教えてくれた。一緒に暮らしていた期間にその兆候は見られなかったが、この性癖に関する真相が判明しない以上、この政略結婚を心から受け入れることはできない。彼氏がいる夫なんて絶対にいやだ。

「真相の真相だと？　どういう意味だ？」

彰彦は眉間に深い皺を刻んだ。絹華も理解しがたいといった表情を浮かべている。

「言葉通りの意味ですわ！　それがつかめないと、わたくしは本当の意味で幸せにはなれないんですの！」

琴音は矢継ぎ早に言った。

「それが済めば結納でもなんでも、お父さまとお母さまの言う通りにいたしますから！」

後生だとでも言うように哀願する娘に、ついに彰彦と絹華は根負けした。

「黒沢、車を表につけろ」

彰彦のひと言で、黒沢は頭をさげると廊下に出て行った。

「お父さま……！」

琴音はぱっと顔を輝かせた。黒沢は琴音を送るために車を用意するつもりなのだ。

「ただし、戻ってきたらきちんと野宮家の娘としての義務を果たしてもらうからな」

「そうですよ。何があろうとも、正臣さんと結婚してもらいますからね」

「承知いたしました！」

釘を刺すような彰彦と絹華の物言いにも、それどころではない琴音は軽く請け合うと、足早に部屋をあとにしたのであった。

後部座席に乗り、流れる景色を見つめながら琴音は綾香の言葉を反芻《はんすう》していた。
――あんたはその正臣さんが好きなんだよ
正臣が好き。何度も考えようとしてはそのたびに中断を余儀なくされてきたことがいま、琴音の中によみがえった。絡まっていた糸がするりとほどけるように、答えが浮かんでくる。
「わたくし、ピアノに一目惚れしたように、正臣さんにも最初から一目惚れしていたのですわ」

運転席に黒沢がいるとわかっていながらも、つい声に出してしまった。『三浦不動産』で出会ったとき、真剣な横顔に魅入ってしまったことを思い出す。そんな経験は初めてだったから、それが恋だなんてそのときはわかりようがなかった。だって琴音はこれまで、まともに異性と関わってきたこと自体なかったのだから。黒沢が前を向いたまま、さりげなく声をかけてきた。

「久世さまはそうは思っておられなかったようです」

「なぜです？」

運転席に目を向けると、几帳面に白の手袋をしてハンドルを操作する黒沢の横顔が映る。

「常々お嬢さまの心を捕らえようと苦心されていたからです」

「そんなっ……初めからわたくしの婚約者だとおっしゃってくれていたら――」

「お嬢さまはきっとお逃げになってしまわれたでしょう」

思わず前のめりになった琴音に、黒沢はあっさりと答えた。

「確かに……」

自分のことながら琴音は苦笑してしまう。不可解なルームシェア契約を提案されていなかったら、一目惚れしたとも気づかないまま、琴音は正臣の元を去っていただろう。だから正臣は自分の立場を偽ってまで――と言っても正確には嘘はついていなかったように思う。婚約者、つまり琴音が逃げたのは事実だったのだから――琴音との距離を詰めてきたのだ。すべては琴音と結婚するために。琴音は正臣の目論み通り、彼を特別だと意識するようになり、身体まで預けた。

「正臣さんの思う通りになったというわけなのですね」

よくできた執事である黒沢がもう何も言わなかったから、琴音は革張りのシートに背中をもたせかけ直し、思考に没頭した。

正臣が助手席のドアを開けてくれたり、椅子を引いてくれたりしたときに緊張したこと、薔薇の花束を受け取ったときに心臓が早鐘を叩いたこと、まだ真実を知らないときに正臣の本当の婚約者に嫉妬心を抱いたこと、正臣のことをもっと知りたい傍にいたいと思ったこと——挙げたらきりがないが、それらは皆、琴音が正臣を好きだったからこその感情だったのだ。

「ひとを好きになるって、こんな気持ちだったのですね」

心がぽかぽかするような不思議な気分だ。胸に手を当ててみれば、正臣を前にしているわけでもないのに、正臣のことを考えるだけで鼓動が速くなってくる。これが恋なのだ。無理やり結婚させられる前に恋をしてみたいと思っていたから（そもそも相手は正臣だったのだけれど）、願いが叶ってうれしい。綾香にもいい報告ができそうだ。きっと喜んでくれるだろう。

さらに両親の話を信じるのであれば、正臣のほうも琴音のことが好きなのだという。あくまでルームメイトとして接しなければならなかったから、正臣はきっと〝好き〟だと言えなかったぶん、〝特別〟だと表現することで琴音に想いを伝えていたに違いない。そう思うと、何度も避妊なしで抱かれたことにも合点がいく。正臣は最初から、琴音と結婚する気でいたのだから。

最初から正臣さんと両思いだったのかしら？　だけど……と考えて、琴音は一転暗くなりうつむいた。

琴音に一目惚れをして、正臣は野宮家を訪れ正式にめとりたいと言ったというが、当の正臣は琴音に自分にはホモセクシャルの彼氏がいると暴露している。正臣自身、結婚後には彼氏を愛人にするとまで言っていた。それは二股を宣言されたことと同じなのではないだろうか。正臣の真意がまるでわからない。だからこそ琴音は今すぐ正臣に、その〝彼氏〟について問いただす必要があった。真相の真相を知らなければならないのだ。

『ラ・ペジーブル・ジャルダン』に着く頃には、もう日が暮れかかっていた。いつもならとうに夕食を作り終え、正臣の帰りを待っている時間だ。

琴音を降ろした黒沢が車で去ったあと、彼女は緊張しながらエントランスへ通じる階段をのぼっていた。正臣はもう帰っているだろうか。琴音がいなかったら、きっと心配しているだろう。もしかしたら車を出して大学まで捜しに来るかもしれない。この数日、すっかり夫婦のようにすごしてきたので、正臣がどう思うか手に取るようにわかるようになっていた。そんな関係を築いてきたからこそ、正臣に真意を問いただしたい。綾香に言われたように、きちんと本心を聞くのだ。

エントランスの扉を開けた琴音は、しかし驚愕に目をみはった。エレベーターに乗り込む三浦のうしろ姿を見てしまったからだ。

なぜ三浦がこのマンションに？　仕事だろうか？　行き先は？　数々の疑問符が頭の中に湧きあがり、いやな予感に琴音は慌ててカウンターに駆け込んだ。

コンシェルジュの片岡が、急き込んで玄関ホールに入ってきた琴音に驚く。

「お、お帰りなさいませ、久世さま」

「ただいま帰りましたわ！　い、いまの、いまのは⁉」

「は、はい？」

「いまのは『三浦不動産』の三浦さんですわよね⁉　どちらに向かったのです⁉」

最初こそ琴音の剣幕に圧倒された様子の片岡だったが、さすが一流のコンシェルジュだけあって、次の瞬間にはもう普段通りの落ち着きを取り戻していた。

「さようでございます。久世さまに御用とのこと、お伺いいたしました」

その言葉に、がんっと頭を鈍器で殴られたような心地がした。思った通り、三浦は正臣に会いに来ていたのだ。しかもどうやって知ったのか、琴音がいない時間を狙って。

「……ということは、正臣さんはお帰りになっておりますのね？」

震える声で尋ねる琴音に、片岡は不思議そうにうなずいた。

「はい、つい先ほどお戻りになりました」

琴音は心配そうな表情の片岡にうわの空で礼を述べると、ふらふらとエレベーターホールに向かった。三浦が乗っているエレベーターが五階で停まったのを確認すると、どっと悲しみが込みあげてくる。せっかく自分と正臣は両思いだとわかったところなのに、なぜ正臣はこんな仕打ちをするのだろうか。それともホモセクシャルには、一夫一妻制の概念などないのだろうか。

ようやくおりてきたエレベーターに乗ったあとも、五階のボタンを押す手が重かった。でも……と、琴音はなんとか思い直す。すべては想像だから、自分の勘違いかもしれないと。正臣は一度だって三浦を彼氏と言ったことはない。三浦はただマンションのことでまた正臣に話があって来ただけの可能性もある。何も確証はないのだからと、琴音は気持ちを切り替えてエレベーターを降りた。

ドアの前に立ち、そっと鍵穴に鍵を差す。なぜ自分がこんな泥棒のようなマネをしているのか自分でもわけがわからなかったが、琴音はとにかく気配を押し殺して部屋に入った。すると玄関に、さっそく見覚えのない革靴があるのを発見してしまう。おそらく三浦のものだろう。琴音はきゅっと胸が締めつけられるような痛みを覚えながらその横で靴を脱ぐと、ゆっくりと静かに、できるだけ足音を立てないようにして廊下を進んでいった。

次第に話し声が聞こえてくる。どうやらリビングの扉が少し開いているらしい。

「いい加減、彼女に本当のことを話してくれないか！」

三浦がどなっている。切羽詰まったような声音だ。

「そのときが来たらな」

対する正臣は少しわずらわしげに言葉を返していた。

琴音は息を潜め、リビングのドアに隠れて中の様子をうかがった。三浦がいらだたしげにテーブルの横を行ったり来たりしており、正臣がその手前に立ってこちらに背中を向けている。

「それはいつなんだよ！」

「そう遠くない未来だ」

「いつもそうやって、はぐらかすんだな」

「それが俺だと、お前だってわかっているだろう?」

「正臣……！」

三浦が立ちどまり、正臣をきっとにらんだ。正臣の表情はうかがえない。

「お前が言わないんだったら、もう僕から言うぞ」

「尚人っ」

ここで初めて正臣がうろたえた。

「わかった……！　悪かったよ。彼女にはちゃんと俺から言うから。それでいいか?」

言質を取ったとばかりに、にやりと三浦が笑う。

「学生時代から変わらないな。お前は結局、いつも僕に折れてくれるんだ」

「弱いんだよ、俺はお前に」

「知っている」

　ここで一瞬間が空いたかと思うと、信じられない光景が琴音の眼前で繰り広げられた。三浦が正臣を抱き締め、正臣も三浦をぐっと抱き締め返したのである。

　やはり三浦が正臣の彼氏だったのだ！

「やめてくださいませ！」

　琴音は耐え切れず、思わずリビングに飛び出していた。

　三浦と、振り返った正臣が大きく目を見開き、互いにぱっと離れる。

「琴音、これは違うんだ――」

「何が違うんですか？　信じられませんわ！」

　慌てて口を開いた正臣を、琴音は涙を溜めた目でにらみつけた。

「正臣さんのことを理解しようとずっと努力してきましたけれど、わたくしには無理のようです！」

　踵を返しかけた琴音の腕を正臣が急いでつかむ。

「琴音っ、待ってくれ！」

「いやですわ！　放してくださいませ！」

「ぼ、僕は……失礼するよ」

　そろそろと三浦がリビングをあとにしようとする。三浦のことは止める気にも問いただす気にもなれず、琴音は彼のするに任せた。

「正臣、がんばって」

そう言い残して、三浦はリビングを去った。玄関のドアが開いて閉まった音が聞こえたから、家から出て行ってくれたのだろう。

ふたりきりになると、琴音はがくっと身体の力が抜けてしまう。腕を正臣につかまれたまま、へたりとその場に座り込んだ。正臣がしゃがんで、そんな琴音を支えようとしたが、琴音は正臣の顔が近づくや否や、びくっとして身を引いた。正臣の顔など見たくない。

「も、もう、わたくしに触らないでください……！」

「なんで？」

「正臣さんを好きでいられる自信がないのです……！」

「ふうん」

泣きながら訴えているのに、勢いで好きだとまで告げてしまったのに、なぜか正臣の声が冷たくなっていく。つかまれた腕に強く力を入れられた。

「痛いっ」

「俺の心のほうが痛いよ」

「な――」

言われている意味がわからずに琴音が顔をあげると、正臣が強引に唇を奪ってきた。

「んぅ――!?」

無理やり顎を正臣のほうに向かされ、口の中に熱い吐息を吹き込まれる。

「んんっ……や、やめ――！」

必死で顔を背けようとしたけれど、やはり男の力には敵わない。つかまれていないほうの手で正臣の胸元を押し返すも、彼は引くどころか琴音の身体をより強く抱き込んできた。本当はどうしようもなく愛しい彼の温もりに触れ、思わず泣きそうになる。まなじりには涙がにじんだ。

正臣は深く琴音の唇を吸いあげたあと、おもむろに顔を離して言った。

「やめろ？　触るな？　好きでいられる自信がない？　ふざけるな」

「……っ」

琴音がこくりと息を呑む。完全に目が据わっている。いつも正臣はスマートだったから、こんな怖い顔をした彼は見たことがない。

「琴音はもう俺のものだ。いまさら俺を拒否する権利なんて君にはない」

「そ、そんな勝手なこと――」

琴音はかっとなったけれど、言葉は最後まで紡がれることはなかった。正臣に口をふさがれ、細いあえぎ声が漏れる。

「ふ……ぁ……っ」

ぬるりとした正臣の舌が琴音の唇を割り開き、歯列をなぞってきた。ぞくりと悪寒に似た震えが走り、いやでも下肢がじんと熱くなる。

「や……んん……！」

拒否しようと思っても、既に慣らされている身体が反応してしまう。正臣の舌が琴音のそれを追いかけ、徐々に追い詰められていく。正臣を押し返そうとする手の力も弱まっていった。

「んぁ……は……あっ」

くちゅくちゅと、互いの唾液が混じり合う。無理な体勢でする荒々しい口づけに、口の端からは唾液の筋が伝った。正臣にじゅっと音を立てて舌を吸われ、琴音はふるふると身体を揺らした。

「キスだけでこんなに感じておいて、俺を拒否できると思っているの？」

互いの口からつうっと唾液の糸が引き、琴音はかあっと頬を染めた。

「そ、それは正臣さんが……ひぁっ⁉」

正臣に調教されたのだと言い訳したかったけれど、唐突に押し倒されてバランスを崩す。床に身体を押しつけられ、琴音の長い黒髪がはらりと扇情的に広がった。

「俺が何？」

上から見おろしてくる正臣は、やはりいつもの優しい彼ではない。皮肉に顔を歪め、粘ついた視線を向けてくる。よほどさっき琴音の言ったことが気に入らないように思えた。

自分は三浦さんと付き合っているくせに、わたくしには貞淑を求めるの……⁉

それはあまりに理不尽ではないかと起きあがろうとする琴音を押し留めると、正臣は上着を脱ぎ捨て、ネクタイを緩めた。

「どうやらもうちょっと身体に教え込まないとダメみたいだな」

射貫くような眼差しで正臣が見つめてくる。

自分は悪くないのだからと、琴音は毅然と振る舞おうとしたが、正臣が覆い被さってきたことで、わずかに保っていた矜持さえ吹き飛んでしまう。

正臣はそんな琴音に構うことなく、彼女の首筋に舌を這わせてきた。

「いやっ……！」

正臣の肩を押し返そうとする琴音。どんなに武芸で鍛錬してきたとはいっても、非力な女の力では所詮、正臣はびくともしない。

「琴音、俺を拒むな」

いらだたしげな正臣の声が、間近から耳に届く。

琴音を黙らせようとするかのように、唐突に正臣の手がニットの上から胸をわしづかんできた。

「ひうっ！」

ぎゅっと強く揉まれ、琴音がわななく。なのにぴくりと身体が反応してしまい、琴音は胸中で自分を恥じていた。こんな手荒な扱いに、感じるのはいけないことだ。

しかしなおも正臣は首筋を執拗に吸いながら、乳房をぐいぐいと揉んでくる。

「正臣さっ……も、やめ……！」

琴音の目尻から、ついに涙がこぼれた。

けれど正臣は酷薄な言葉を吐くだけだ。

「やめないよ。君がありのままの俺を受け入れるまではね」

「そんな……っ」

琴音はしゃくりあげたが、その間にも正臣の手がニットの下から這いあがってくる。

「ダメっ……いけませんわ……！」

正臣はブラジャーを引きおろすと、琴音のたわわに実った果実を直にむさぼってきた。じんと痺れるようなうずきが身体中を駆け巡り、思わず琴音は声をあげてしまう。

「あっ……や、ぁ……んんっ……！」

「もうこんなに固くしておいて、気持ちよくないと言い張る気か？」

ぎゅっと先端をつままれ、琴音はびくんと背を弓なりにしならせて仰け反った。正臣の言った通り、琴音の乳首は既に赤く熟れ、固くしこっていた。それは果たしていつからなのか、琴音は自分の身体のことなのにわからなかった。

「そ、んなこと——わかりま、せん……！」

だから琴音は必死に首を横に振った。しかし乳房の隆起した部分をくりくりといじられると、どうしようもない快感が押し寄せてくるのだった。

「あぅっ……あ、あ……んぁ、は……っ」

気持ちよくて、自然と息が弾んでしまう。

正臣は身体をずらして琴音のニットを首までたくしあげると、ブラジャーからこぼれ出た彼女の乳房に吸いついてきた。唾液を溜めた口腔内に突起を含まれ、生温かな刺激に琴音がびくんと跳ねる。

「ひぃっ……ダ、ダメ……そんな……！」

「ここはいやだと言っていないみたいだぞ」

舌先でちろちろと舐められ、唇を使ってちゅっとしごかれ、乳輪ごと執拗にしゃぶられる。こんなことを繰り返されていては、次第に頭の芯がぼうっとなって、おかしくなってしまいそうだった。

「ああっ……正臣、さっ……お願い……！」

琴音の哀願はしかし、別の意味に捉えられた。

「もっと欲しいのか？　琴音は淫乱だな」

くっくと、正臣が喉を鳴らす。

琴音の顔が燃えるように赤くなった。

「ちがっ……そうではなく——ひ、あ……んぁ！」

正臣は期待に応えようとばかりに、乳房を揉みしだきながら琴音の乳首を吸ってきた。

感じたくないのに、感じるわけにはいかないのに、じいんと股間が湿っていくのがわかる。正臣に慣らされた身体が従順に反応してしまい、琴音は羞恥のあまり両手で顔を覆った。そして快感を逃がすように、無意識のうちにもじもじと足を擦り合わせていた。

「そうか。これでも足りないか」

独り言のように、正臣が言う。琴音の異変に、彼はいち早く気づいていたのだった。

「下もいじって欲しいんだろう？」

正臣は意地悪く口の端をあげ、琴音の手を顔からはずした。ばっちりと目が合い、琴音は慌てて目を逸らした。完全に昂ぶってしまっていた自分の瞳を悟られたくなかったからだ。琴音の両手をつかんだ状態で、正臣が言葉を続けてくる。

「琴音。このままじゃ俺は何もできないぞ。それでもいいのか？」

試そうとするかのような口調に、琴音の双眸に再び涙が浮かんだ。

「どうして……どうして、こんなことをなさるのです……？」

自分を抱くとき、正臣はいつも紳士だった。こんなに手荒くされたことなどない。もちろん、言葉攻めを受けたことも。なのにいまの正臣は、まるで野獣のようだ。

「わたくしは、こんなふうに辱められたくありませんわ……！」

宣言したが、正臣はにっと笑うだけだった。

「そうか、琴音は逆に無理やり犯されるのがお好みだと思っていたけどな」

「なっ……わたくしはそんなことひと言も……！　わたくしはただ、三浦さんが――」

「ほかの男の名を口にするな！」

正臣が急にどなって言葉をさえぎったので、琴音はびくっと首をすくめた。

「悪いな、琴音。俺は君がほかの男を気にすること自体、どうしても許せそうにないんだ」

「そんな……そんなこと……」

正臣の言っていることはもうめちゃくちゃだった。本人も我を忘れているのだろう。何が逆鱗に触れたかわからない琴音は、戸惑うばかりだ。

「正臣さん……落ち着いて、お話をさせてくださいませ」

こんな状態ではきちんと話ができそうにない。いったい自分はどうしたらいいのだろう？

そっとうかがうように見あげれば、正臣はなぜか優しく微笑んでいた。

「いまは言葉なんていらない、そうだろう？　琴音」

「正臣さっ……ん！」

正臣は琴音の手枷《てかせ》をはずすと、強く口づけてきた。さらに荒々しい動作で胸を揉み、スカートの下から素早く手を入れてくる。

「ん、んんっ……！」

舌で口腔内をかき混ぜられ、乳首をつままれ、太ももに手を這わされて。ぞくぞくとした刺激に、全身の肌が粟立った。そして嫌悪する気持ちとは裏腹に、心のうちからとめどない歓喜があふれてくるのを感じてしまってもいた。

「あ……ダメ……ダメ、なのに――！」

正臣の手が股のクロッチを撫でた。瞬間、琴音の身体が魚のようにびくんと弾む。

「もうこんなに湿らせておいて、本当に話なんてしたかったのかい？」

くすくすと笑われ、琴音は恥ずかしくて消えたくなった。乖離《かいり》した心と身体に、自分自身でさえついていけないのだ。

「そ、そんなこと、おっしゃらないで……！　もう、おやめくださいませ……！」

琴音は哀願したが、正臣の指先は彼女の願いなど無視して下着を撫で回してきた。得も言われぬ快楽が湧きあがり、琴音は涙をぽろぽろとこぼしてしまう。

「泣かないで、琴音」

正臣が琴音の頬を伝う滴を舐め取ってくる。ようやく普段の彼に戻ってくれたのかと思い、琴音がほっとしたのも束の間、彼はとんでもないことを口にした。

「啼くのは、これからだよ」

「え……あ、いやっ！」

下着の上からぐいっと割れ目に指を挿し込まれ、琴音は身をよじった。じくじくとした疼痛に襲われ、逃げるように腰を引くが、ぐっと正臣に押さえつけられてしまう。強引に足を開かされ、下着が丸見えになった。

「やっ……正臣さっ……ダメ……！」

「ここは拒否していないみたいだよ」

正臣がクロッチの横から手を差し入れ、直に琴音の秘部を触ってきた。既に濡れそぼっていたそこはぬるぬると滑り、正臣の指を容易に呑み込む。

「ああっ……や……そこは——あ、ああっ……！」

子宮がきゅんとうずき、たまらないほどの快感に琴音は大きくあえぐ。

正臣は蜜溜まりで指先を動かし、どんなに濡れているかと、ちゃぷちゃぷとわざとらしく水音を聞かせてきた。耳まで犯されているような気になり、琴音の頬がより赤く熱く染まっていく。

「琴音、こんなに濡らして。いったいどうしたんだい？」

耳元で卑猥な言葉をささやきながら、正臣は花びらに蜜をたっぷりと塗り込んでいった。蕾のように固く閉じていた陰芯が湿り気を帯びたことによって、ぷっくりとその存在を主張し始める。

「そ、そこっ……ダメ……そこだけは――！」

「ここ？　琴音はここが好きなのかい？」

包皮のむかれた淫芽をつつかれ、琴音がびくんと身体を揺らした。びりりとした電流が体内を駆け巡り、行き場の失った快感がうねりとなって下腹部に溜まっていく。

「あんっ……は、んんっ……や、ぁ……っ」

正臣は人差し指と親指を使って、丁寧に赤い肉粒を刺激してきた。乳首にしたように、くりくりといじったり、押し回したり、こねたりする。そのたびに生まれる快楽に、琴音は思わず呑み込まれそうになった。蜜口からは、じっとりと愛液がしたたってきていた。

「琴音、もうびしょびしょだよ」

「ああっ……そ、んなこと……言わないでぇ……！」

愉快そうな正臣の声に、琴音は懸命に否定するように首を横に振った。

「どこからこの蜜はあふれてくるのかな？」

「そんなの……知りません、わ……！」

挑発するような正臣の問いにも、琴音は精一杯抗おうと試みた。このまま流されてしまっては、なんの意味もない。正臣の本心も、彼氏の真相も問いただせないままだ。

「正臣さんっ……お願い……わたくしと――」

「つながりたいって？」

正臣の正反対の解釈に、琴音の心臓がどくどくと早鐘を打ち始めた。無理やり犯されてしまう――その予感が、現実のものになりつつあった。

「ち、違いますわ……！　そうではなくて……っ」

必死に否定したけれど、正臣はうれしそうにくすくすと笑うだけだ。

「ああ、琴音。そうだね、いつまでも焦らされていたくないよね」

「ま、正臣さん……!?」

びくりと身をすくめた琴音の蜜口に、正臣は手を滑らせてきた。

「欲しいのは、ここかな？」

つぷりと秘孔に指を入れられ、琴音は大きくわなないた。

「あ、ダメ！　ダメですわ……！」

「でも、まるで誘っているみたいにどんどんあふれてくるよ」

琴音は全力で否定したかったけれど、正臣の言う通り、そこは彼の指先の刺激によってますます蜜をこぼすばかりであった。ず、ずずっと、正臣が人差し指を挿入してくる。

「あ、あああっ……は、あ……っ」

媚肉を擦られる感覚がどうしようもなく気持ちよくて、出したくもない高い声が漏れ出てしまう。その間に正臣の指が付け根まで埋まり、膣道を満たした。

「くぅ……ん、あ……ああっ」

愉悦をこらえようとしたけれど、指の腹で一番感じる部分を撫でられ、全身の毛がぞわっと逆立った。身体中に電流のようなものが走り、腰が抜けてしまいそうだ。

「あああっ……そこ、ダメ、ダメですから……！」

「ここ？　ここがいいの？」

琴音の〝ダメ〟が〝いい〟を意味することを、とうに正臣は知っている。だから彼は、執拗に琴音のGスポットを攻め続けた。そのたびに蜜壺からは、どっと蜜が流れてくる。

「やぁ、んっ……あ、んんっ……ダメぇ……！」

「そうか、もっと欲しいのか」

正臣はそう独りごちると、秘孔に入れている指を二本に増やした。中指もあっと言う間に琴音の中に呑み込まれ、二本の指先でずくずくと膣内をかき回される。じゅ、ぐちゅっと、淫らな水音が響き始めた。

「そ、そんなに入れたら、ダメ、ですっ……おかしく、なっちゃいますから……！」

ぽたぽたと愛液をまき散らす琴音の肉の洞を、正臣は容赦なく穿ち続ける。

「おかしくなれよ。俺のことしか考えられないぐらいに」

正臣の息が荒くなってきていた。彼はさっきから自ら腰を動かし、下肢の膨らみを琴音の太ももに擦りつけていた。

もうずっと前から正臣のことしか考えられないのに……やっと気持ちに気づいたばかりなのに……うちに秘めたその想いを吐露することもできず、琴音はひたすらにあえぎ声を漏らした。

「正臣さんっ……正臣さぁん！」

「琴音、俺はもう我慢できそうにない」

正臣はそう言って、琴音の膣道から指をずるりと引き抜く。瞬間、蜜が床にまでしたたった。

異物感がなくなると、途端にぽっかりと心に穴が空いたような心地になってしまう。こんな強引な行為など望んでいないのに、身体が正臣自身を欲して仕方がないようだった。

正臣は琴音のパンティを足から抜き去ると、彼女をうつ伏せにした。

「なっ……何をなさるのです⁉」

動揺する琴音に構うことなく、正臣は彼女の腰をつかむと、そのままぐいっと上向かせた。臀部を正臣のほうに突き出す格好となり、琴音は羞恥に身もだえた。

「こんな格好っ……動物みたいでいやですわ……！」

それは獣の交尾のような光景だった。琴音が四つん這いになり、正臣がうしろから足を大きく開かせてくる。何をされるかわからないうえに、正臣の顔が見えないことも手伝って、琴音は恐怖に震えた。

「正臣さんっ……お願いです——やめてくださいませ……！」

「ここはそう言っていないみたいだよ」

正臣が琴音の臀部に顔を寄せてくる。熱い吐息を吹きかけられ、秘部が収斂《しゅうれん》した。

「ひぅっ⁉　そ、そんなところ……あっ」

恥ずかしさのあまり思わず腰を引こうとしたけれど、太ももをがっしりとつかまれて動けない。正臣は琴音の淫唇に舌を這わせてきた。温かく湿ったものに敏感な箇所をつつかれる。

「やぁ……あ、んんっ……はっ……ダメぇ……！」

「こんなに濡らして、何がダメなのかな？」

正臣の言う通り、蜜壺からは絶えず蜜があふれ、琴音の秘裂を濡らしていた。正臣はくちゅくちゅと音を立てながら、琴音の赤らんだ窪地に舌を挿し込んでくる。

「んんっ！　あ、や……ぅっ……は……！」

秘孔に舌を抜き差しされて、琴音があえぐ。ぬめった舌が、充血した粘膜を擦っていく。

「琴音、君はなんて甘いんだ」

熱に浮かされたような声で正臣がささやいた。愛液をすすりあげ、吸ったり舐めたりを繰り返す。

「こっちはどうかな？」

「えっ……」

正臣は散々蜜口をねぶったあと、つうっと舌を上に滑らせていった。いやな予感に、琴音が動揺する。

「そ、そこは――ダメですわ！　本当に、そこは……っ」

いやいやするように腰を振ったが、正臣は唇を離そうとしない。舌先で容赦なく琴音の後孔を舐め、つついてきた。

「いや！　そこは違いますわ！　汚い――ああっ……！」

「君の身体に汚いところなんてないよ。俺にすべてを見せてくれ」

正臣は太ももを固定していた手で琴音の白い双丘を割ると、慎ましやかな窄《すぼ》まりにぐっと舌を差し入れてきた。秘められた部分をこじ開けられ、琴音が大きくわななく。

「やぁっ……あ、ああっ……やめっ……んうぅっ」

気持ちではいやだと思っているけれど、身体は正臣の舌の動きに反応してしまう。後孔を刺激されているのに、なぜか前孔から蜜が噴き出してきた。たらたらと愛液が垂れ、太ももを伝い、床を濡らしていく。

「こんなにお漏らしして……琴音は淫乱だな」

くつくつと、正臣が喉を鳴らす。

そんな卑猥な言葉を吐かれるなんて……と、琴音は羞恥にかっと頬を染めた。

「こ、こんなこと……望んでなどいませんわ……！」

琴音は髪が乱れることもいとわずに、懸命に首を横に振った。

けれど正臣は飄飄とした態度を崩さない。

「そうかな？」

正臣は臀部から顔を離すと、指先を琴音の秘裂に這わせてきた。

「ひぅ、あっ……！」

ぬるりと滑る感覚に、琴音がびくんと仰け反る。子宮の奥がきゅんとうずき、どうしようもない渇望感に襲われた。

「ほら、こんなに欲しがっているじゃないか」

引き抜いた正臣の手には、べったりと琴音の蜜が付着していた。

「そ、そんな……っ」

琴音は泣きたくなった。どうして正臣はこんな意地悪をするのだろう。琴音を焦らして楽しんでいるに違いない。きっとそうだと思ったとき、ようやく琴音を気遣う言葉を聞かされた。

「そろそろ君の希望を聞かなくてはかわいそうだな」

「正臣さん……」

正臣がやっとわかってくれたのかと、ほっと胸を撫でおろしたのも束の間、スラックスのチャックが開かれる音に、琴音がびくりと身体を震わせる。慌てて振り向くと、正臣がスラックスの前をくつろげているところだった。

「ま、正臣さんっ……何を——?」

震える声で尋ねる琴音に、正臣はにやりと口の端を持ちあげて答えた。

「何を? 琴音がさっきから欲しがっているものを与えてあげるだけさ」

そうして取り出された正臣の怒張は、既にぱんぱんに膨れあがり、赤黒い亀頭が腹につきそうなぐらい反り返っていた。その大きさに改めておののき、琴音が息を呑む。

「正臣さん……お願いですから、今日は——」

散々陵辱《りょうじょく》された身体はいまにも屈しようとしていたが、琴音は理性を総動員させて訴えた。琴音はただ、正臣と話がしたいだけなのだ。なんでこんなことになってしまったのだろう。琴音は正臣を拒否した言葉が、そんなに彼を傷つけてしまったのだろうか。

「わたくしの非は謝りますから、どうか……あっ」

正臣は何も言うことなく琴音の腰を引き寄せた。足の付け根に手をねじ込み、ぐいっと臀部を改めて上向きにする。

「正臣さん……!」

琴音は抵抗したけれど、正臣が肉棒の先端を彼女の濡れた割れ目に擦りつけてきたものだから、思わず背を仰け反らせていた。

「ひぁっ……あ、ああっ……!」

正臣は己の分身を挟み込ませるように琴音の腰の位置を固定すると、ゆっくりと前後に動かし始めた。熱い塊がぐにぐにと秘裂に食い込み、未知の快感が込みあげてくる。

「やぁっ……ああっ……はんっ……！」

　正臣の剛直が蜜口を通り、充血した花芯を擦りあげるたびに、指や舌とはまた違う鋭い愉悦が押し寄せてきた。

「琴音。君が俺を欲しがっているせいで、くちゅ、ぐちゅと、次第に淫らな水音が大きくなっていくよ」

　正臣が腰を揺すりながら、卑猥な言葉を吐く。

　余裕のない琴音は返答すらできなかったが、下の口が代わりに応えていた。とろりとした蜜が正臣の陰茎をさらに濡らし、鈴口からにじみ出た透明な先走りの液が琴音の蜜と混ざり合って、ふたりの性器を淫らな甘い色に染めあげていく。

「あぅっ……んっ……はんっ……あっ」

　ぬちゅぬちゅと、正臣の欲望が行き来するごとに、下肢から浮きあがるような快感が迫りあがってくる。ふっくらとした亀頭が熟れた淫芽をこれでもかと押し潰し、あわや達してしまいそうになった。

「正臣、さ――それ以上はっ……わたくし、もう――！」

「いきたいのかい？」

　正臣が面白そうに笑む気配が、背中から伝わってくる。

　恥ずかしくて否定したかったけれど、あがるばかりのボルテージはもう抑えようがない。

「ええっ……は、い……お願い、です……！」

　琴音が哀願すると、正臣が男根をぐいぐいと押しつけてきた。もう肉粒は弾けそうなほど膨れあがっていた。

「ひゃんっ……あんっ……あ、ああ……も、ダメ――‼」

瞬間、琴音はがくがくと下肢を震わせた。ふわりと、身体が浮遊するような感覚に襲われ、視界が暗転する。びくんびくんと背を仰け反らせ、押し寄せる快感の波に耐えようと、琴音は床に上体を押しつけた。ひんやりとしたフローリングの感触を肌で感じながら、がくがくと下腹部を揺らす。花唇がぐにぐにとうごめき、正臣を刺激した。

「くっ……」

花びらの間に埋め込んだ肉剣がしごかれ、正臣が背後でうめく。琴音の秘部からは愛液がぴゅっと飛び散り、挟み込んだままの正臣の欲棒をよりいっそう淫らに濡らした。

耐え切れないとばかりに正臣はずるりと自分自身を引き抜くと、琴音の腰を抱え直して、さらに臀部を上向かせた。

「ま、正臣さ……」

快感の余韻に震えている琴音の蜜口が、物欲しげにはくはくと開閉している。正臣は青筋立った竿を持ち直すと、肉傘の先端をそこに押しつけてきた。何をされるのかようやく気づいた琴音が、脱力しながらも懸命に拒否しようとする。

「正臣さんっ……ダメ、今日はもう、これ以上は……あっ⁉」

ぐにゅりと、先端が蜜口に押し込まれた。台詞とは裏腹に、膣壁は歓喜にわななき、奥へ誘うようにぐにぐにとうごめいていた。ぐうっと腰を入れられ、媚肉が割られていく。

「ふああっ」

肉筒を埋められ、壁を擦られる感覚が、どうしようもなく気持ちいい。花芽とはまた違う快楽の予感に身を震わせ、琴音は拒絶の言葉を忘れた。それは正臣が好きだからにほかならない。彼とひとつになることが、このうえない喜びをいつも琴音に与えるのだった。

ずんっと、正臣がついに熱杭で琴音を貫いた。

「あぅうっ……あ、ああ……！」

膣をいっぱいにされた充足感から、琴音は小刻みに震えていた。そんな琴音を抱き締めるように覆い被さり、正臣が腰を揺すってくる。

「琴音の中、温かくて気持ちいいよ」

「そ、んな……んんっ、あん、はぅっ」

耳元で淫らにささやかれ、ぞくりとした悪寒が走る。いやらしい言葉を否定しようとしたが、正臣の抽挿に自然、琴音の声は嬌声に変わってしまう。

ずん、ずんっと最初から最奥を突かれ、琴音の視界に火花が散った。

「んぁあっ、はんっ、ああっ、やぁっ」

正臣の剛直が出入りするたびに、くちゅり、ぐちゅりと水音が増していく。琴音の中で正臣自身がさらに膨れあがり、彼女の一番気持ちのいいところを刺激した。

「ああっ、そこっ、やんっ、ダメっ、あああっ」

先ほど達したばかりの身体は敏感に反応し、再び琴音を頂点に押しあげようとしていた。

「琴音、琴音っ」

正臣が琴音の名を呼びながら、ふるふると揺れていた乳房を両手でつかむ。腰の動きをやめないままに胸をもてあそばれた。

「んぁあ、正臣さん……っ、ああ、あぅっ、はん！」

正臣の重みと温もりを背中に感じて、琴音は自分が満たされていることに気づいた。こんな強引な行為はいやなはずなのに、中に入っている正臣がいとおしくて仕方がない。

「正臣さん、正臣さんっ」

いつの間にか夢中になり、その先を要求するように正臣の名を呼んでいた。

ぱん、ぱんっと、激しく正臣が腰を打ちつけてくる。抽挿が速くなり、ぐちゅぐちゅという水音も大きくなっていった。

「ああっ、あ、やっ、んんぅっ、はんっ、ま、また──！」

また高みへ行ってしまう……子宮がきゅんきゅんと痺れ、絶頂の予感にぶるぶると身体を震わせた。

「俺もいきそうだっ」

切羽詰まった正臣の声に、琴音ははっと我に返った。

「い、いやっ……中では出さないでくださいませ！」

慌ててうしろを振り返った琴音を、正臣は情欲をぎらぎらと灯らせた瞳で見つめてくる。

「何言ってるの？　これまでだって何度も中へ出したじゃないか」

「そ、それは……あぅっ」

熱く膨れた亀頭で子宮口をがんがん突かれ、琴音は再び絶頂にのぼり詰めた。

「中で出すよ。俺の子をはらませて、いやでも一生俺の傍にいさせてやる」

「な、なんてことを――」

言いながら、琴音はがくがくと下腹部を揺らした。膣道が蠕動運動を始め、正臣を絞り取るように奥へ奥へと誘っていたのだ。

「くっ……こんなに誘っておいて、今さら俺から逃げられると思うなよ」

正臣はぐっと腰を押しつけ、ぶるりと身を震わせた。

「や……ダメぇ――！」

しかし琴音の努力は徒労に終わった。正臣の先端から熱い飛沫がほとばしり、琴音の子宮に注ぎ込まれたからだ。びゅくびゅくと精を吐き出しながら、正臣はぎゅっと琴音をうしろから抱き締めてきた。

「絶対に逃がさない。今夜は放さないからな」

「正臣さん――」

そうして正臣に拘束された琴音は、一晩中彼の精を受け続けることになったのであった。

第五章　わたくしを愛してください！

「この中の物件から、どこでもいいのでお部屋を貸してくださいませ！」

琴音はカウンター机の上に、ばんっと物件情報の紙束を叩きつけた。

真正面に相対する三浦が、戸惑ったように目を瞬かせている。

「えっと……野宮さん――」

憤怒の形相をした琴音に困惑しながらも、三浦はなんとか会話を成立させようと口を開くのだが。

「ええ、わかっておりますわ！　正臣さんと今後も変わらずお付き合いされて結構です！」

しかしさっきから琴音は、こんな調子で三浦の言葉に自らの言葉を被せて、まるで話を聞こうとしないのだ。

「いや、あの――」

「わたくし、正臣さんから身を引く決意をいたしましたの！」

「なんで――」

「正臣さんの恋人は三浦さんなのですよね？　わたくし、わかってしまったんです！」

それでも三浦は辛抱強く口を開くが、琴音の独白は続く。

「でも実家に帰れば正臣さんと結婚させられてしまうので、ここへ来ざるを得なかったのです！」

その日の朝、『ラ・ペジーブル・ジャルダン』で目覚めた琴音は、正臣にベッドの上で抱き潰された状態にあった。一晩中琴音を抱き続けたことで、さすがの正臣も疲れ果てているらしく、琴音が彼の腕から抜け出しても起きる気配はなかった。

琴音は厳格な野宮家で育ったので、習慣的にどんなに疲弊していても早い時間に起床してしまうのだ。服を選んでいる余裕はなかったので、昨日と同じ格好で『ラ・ペジーブル・ジャルダン』を出た。その手には以前、三浦が持ってきていた物件情報の紙束が握られていた。

琴音はこのまま正臣と完全に別れるつもりだった。最初は二番目でも三番目でも期限つきでも傍にいられさえすればいいと思ったが、正臣のことを好きだと気づいてからは独占欲や嫉妬心がむき出しになり、正臣に彼氏がいることが許せなくなっていたのだ。彼氏と婚約者と、両方の愛情をまんまと享受している正臣にも怒りが湧いてしまう。

正臣が自分を放さない気なのであれば、自分から離れるしか彼と別れる方法はない。実家に帰ったら結納でもなんでもすると両親に約束してしまったので、実家には戻れない。だから、すぐにでもひとり暮らしをする必要があった。正臣の彼氏である三浦の元に行くのは、まったくもって不本意だったが、不動産経営の手腕は確かだと正臣から聞いたことがあるし、住みたいエリアの物件情報もそろっている。だから朝一番に、琴音は『三浦不動産』を訪れたのだ。

「まず、誤解だと説明させてください」

「はい？」

琴音が息をついたところを見計らって、三浦ははっきりと琴音にわかるように語気を強めた。

琴音は三浦の話を聞く気になったようで、ここでようやく口をつぐんだ。三浦に正臣ののろけ話でもされたらたまらないと思っていたこともあり、つい矢継ぎ早に言いたいことを言ってしまっていたのだ。

琴音が椅子に腰をおろすのを静かに待ってから、三浦が話し始めた。

「まず、僕は正臣とは付き合っていません」

「なんですって？」

琴音は耳を疑った。

盛大に顔をしかめた琴音に、三浦が補足する。

「そもそも僕も正臣も、ゲイやホモセクシャルではないんです。僕にはれっきとした彼女もいますから」

思いも寄らない三浦の発言に、琴音は動揺する。

「で、でも、正臣さんは確か——」

最初に『三浦不動産』を訪れたあの日、確かに自分には彼氏がいるからと正臣ははっきり言っていた。自分はホモセクシャルなのだと。

「はい。それは正臣の嘘です」

三浦が断言する。

琴音は思わずかっとなった。

「三浦さんは嘘だとわかっていて、あのとき何も言ってくださらなかったのですか⁉」

三浦はあれだけ正臣に落ち着けと諭していたにもかかわらず、肝心の正臣の性的嗜好の話のくだりでは、複雑そうに琴音と正臣を交互に見つめていただけだった。

それはひどいとさすがに抗議したくなったが、三浦は親友の正臣の本心がわからなかったからこそ、様子をうかがうしかなかったのだろうか。その通りに、三浦が続けた。

「正臣が何を考えているのか理解していなかったので、何も言えなかったんです。申し訳ありませんでした」

三浦は頭をさげると、すかさず正臣のフォローに入った。

「正臣は、今はご存知のように野宮さんに夢中なんですよ。だから、別に部屋を借りる必要など――」

「では、正臣さんのお父さまが心臓を患っていることは……？」

今度は琴音が三浦の言葉をさえぎった。

正臣は同居を条件にした理由に、婚約者に逃げられたことを心臓を患った父親に知られたくないから、女である自分と同居している事実が必要だからと説明していた。

「すみません、それはわかりかねます。ただ……正臣の親父さんは今も元気に仕事しているはずではありますが……」

「あらかじめ同棲が決められているということは……？」

久世家は婚約発表の場で、婚約者（琴音）と新居で同棲することを公にすると言っていた。きちんとした手順を踏むつもりの彰彦や絹華には、もちろん聞かされていないことだったから、これも正臣の嘘のひとつだったのだろうか。

この件に関して三浦に非はまったくないのに、彼は相変わらず申し訳なさそうに頭を垂れた。

「そうです。すべては正臣が、野宮さんを逃がさないようにするためについた嘘なんです」

琴音は混乱していたが、なんとかして話についていこうと、いまにも沸騰しそうな頭をフル回転させていた。三浦はさっきからすべて正臣の嘘だったと言うけれど、当の三浦の行動にもいろいろ不可解な点があったことに気づく。

「でもあなたは、わたくしたちの邪魔をしに来たではありませんか。とにかく間違いが起こる前にさっさといまの歪な関係を清算してくれと、確かにおっしゃいましたわ」

粗探しをするような琴音の詰問にも、三浦は冷静に答える。

「あのときまでは、野宮さんが正臣の婚約者だと知らなかったんですよ。綾香に言われて、逆にあなたを助けに行ったつもりだったんです。そのあとピアノ室に呼ばれて、正臣の悪巧みを知ったわけですが……」

「誰ですって?」

ピアノ室での三浦と正臣のやり取りはもちろん気になったけれど、それ以上に三浦の台詞に出てきた名前に琴音は引っかかりを覚えた。

「綾香です、山崎綾香」

三浦がなんでもないことのように言う。

琴音は驚愕のあまり、大きく目を見開いた。

「なんでわたくしの親友の名前が、三浦さんの口から出るのですか?」

ぽかんとする琴音に苦笑しながらも、三浦は照れくさそうに衝撃の事実を口にした。

「僕の彼女なんです」

「えっ……三浦さんが、あの〝ナオくん〟なんですの?」

綾香が彼氏を〝ナオくん〟と呼んでいたことを思い出す。正臣が〝尚人〟と下の名前で呼んでいたことも。そう言えば目の前の男のフルネームは、三浦尚人というのだった。

三浦がうなずいた。

「そうです。これでご納得いただけましたか?」

琴音は危うく首を縦に振りそうになったが、急いでぶんぶんと横に振った。

「で、でも三浦さんが正臣さんと抱き合っていたところを、わたくしはこの目で確かに見たのですけれど!」

三浦は、ああ……と懐かしいものでも思い出すかのように目を細めた。

「僕と正臣は大学時代からの付き合いでして、その頃には同じラグビー部に入っていたんです」

「ラグビー部？」

「はい。有名校だったこともあり、選手同士の絆が厚く、試合での抱擁は日常茶飯事でした。だからいまでも、恥ずかしながらつい癖で何かと抱き合ってしまうんですよ。それ以外の意味はありません」

またひとつ正臣のことを知ることができたのは素直にうれしかったが、琴音の中には次々と疑問符が浮かびあがってきていた。

「なぜ正臣さんは三浦さんに弱いのですか？　お前は結局いつも僕に折れてくれると、三浦さんはおっしゃっていたではありませんか」

粗探しを続ける琴音に、三浦は根気強く説明する。

「部内では僕が司令塔のような存在で、正臣がアタッカーだったんです。正臣はよく無茶をするから、いつも僕がとめる役目で——それがあの表現になっただけです」

「では、〝彼女〟に本当のことを話してくれというのは……」

「それは綾香のことです。正臣はこの件で他人である綾香に、自分にとっては壮大な計画を知られたくなかったんです。綾香が野宮さんの親友だと知り、なおさら隠し通したかったのでしょう。だけど僕のほうが、綾香に隠しておくことがつらかったのです。いつまでも何も知らないまま野宮さんを案じている綾香が不憫《ふびん》だったので、僕は昨日、正臣の部屋に乗り込んで行ったというわけです」

三浦が即座に言葉を継ぐ。あのときの〝彼女〟が自分のことだと思い込んでいた琴音は、彼らが付き合っていることを自分に言うか言わないかで揉めているように見えたのだ。

「正臣は野宮さんを本当の意味で自分のものにするため、秘密裏に外堀を埋めていこうとしていたので、ピアノ室で僕は事情を他人に漏らさないよう約束させられたんです。だけど綾香はあなたとケンカしたあとも、あなたのことを何よりも大事に考えていました。真相を知らない彼女がかわいそうだったので、僕もついケンカ腰になってしまったわけです」

ひとり暮らし用の物件情報を三浦に集めさせたのは、三浦の店を琴音が訪れたことを知った綾香だったのだという。知らない男（正臣）に琴音がだまされているのではないかと思った彼女は、ケンカのあとにもかかわらず、三浦を通して琴音を守ろうとしたらしい。それを聞いて、琴音は綾香の自分に対する想いに改めて胸が熱くなった。

「まあ結局、正臣に懇願されて秘密を守ることを承諾させられたわけですから、いまさらなんの説得力もありませんよね」

申し訳ありませんでしたと、三浦は再び謝った。

「でもこうして真相をお話したのは、野宮さんに正臣の元へ戻ってほしいからなんです」

三浦と正臣の厚い友情が伝わり、琴音の胸がきゅっと締めつけられた。

「いいえ、三浦さんは悪くありませんわ。正臣さんの嘘から始まったとはいえ、すべてわたくしの誤解だったのですから」

　正臣は最初から、琴音が自分の婚約者だと知っていた。そんな琴音に一目惚れをし、彼女を逃がさないよう嘘を重ねて自らの腕の中、つまり『ラ・ペジーブル・ジャルダン』に閉じ込めた。そこで琴音も正臣に一目惚れしていたことに気づき、両思いになるのだが、当の正臣の嘘のせいで誤解した琴音は、正臣と一緒にいることに限界を感じてしまった。

しかし真実を知ったいま、ふたりの間に何も障害はない。

　そんな琴音の心のうちを読んだかのように、三浦が微笑んだ。

「正臣がきっと捜していると思いますよ」

　琴音も微笑み、すぐさま立ちあがった。そして三浦に深々と礼をして、店を出たのであった。


　琴音は急ぎ『ラ・ペジーブル・ジャルダン』に戻ったが、玄関ホールに入るや否や、コンシェルジュの片岡に呼びとめられた。

「野宮さま。五階は久世さまのお部屋となっておりますので、申し訳ございませんがお引き取りください」

「なんですって？」

　琴音は眉をしかめた。言われたこともさることながら、片岡がいつもと違って他人行儀なことにも不信感を抱いたのだ。

「申し訳ございません。久世さまより、そうことづかっております」

「それはどういう――」

しかし何度片岡に問いただしても埒《らち》があかず、琴音はとうとう『ラ・ペジーブル・ジャルダン』から追い出されてしまう。

困惑した琴音は、正臣に電話しようとスマホを取り出すが、相変わらず連絡先を交換していないことを思い出した。この一週間、正臣と琴音はスマホで連絡する必要がないほどいつも一緒にいたから、そんな交際の初歩的なことさえ忘れていたのだ。

正臣はいったいどういうつもりなのだろう？　勝手に出て行った琴音に愛想をつかしたのであろうか？　あんなに心と身体に愛をささやいてくれたのに、それを無下にしてしまったから……そこまで考えたところで、琴音は自分が正臣をただ単に好きなわけではないことにようやく気づいた。

あんなにも三浦にこだわったことも、綾香とケンカしてまで自分の気持ちを貫いたことも、正臣を愛しているからにほかならない。そう思ったら、ますます正臣のことが恋しくなってきた。

正臣を愛している。

ひとまずは（三浦の件もあるので）相談するために綾香の元へ向かおうと、琴音はエントランスへの階段を駆けおりた。綾香が今日バイトでなければ、大学かアパートにいるはずだ。

綾香と連絡を取ろうとスマホを耳に当てながら最後の段に足を載せたところで、マンションの目の前に黒塗りのベントが停まっていることに気づく。車の横には、黒沢が立っていた。既視感のある光景に、琴音は目をみはる。綾香が電話に出る前に、スマホの呼び出しを切った。

「黒沢……！　どういうことですの？」

「お嬢さま。お迎えにあがりました」

琴音が走り寄ると、黒沢が当然のように後部座席のドアを開ける。

「旦那さまと奥さまがお待ちです。お話はご実家のほうで」

「わ、わかりましたわ」

釈然としなかったが、どのみち彰彦と絹華には正臣との結婚話を進めてほしいと言わなければならないと、琴音は黒沢に促されるがまま車に乗り込んだ。

「お見合いですって？」

彰彦と絹華を前に、琴音は柳眉《りゅうび》を寄せた。

この間と同じ和室で、この間と同じように向かい合っていたが、彰彦たちの顔色は優れない。特に彰彦のほうは仕事の合間に急いで家に戻ってきたようで、荒い息をついていた。

「ああ。突然、先方から婚約ではなく、見合いに変更してくれと言ってきたのだ。つまり結婚するかどうかは、見合いをしてからということになる」

先方とは久世家のことだ。久世家からの電話は絹華が受けたらしいが、それを聞いた彼女は危うく卒倒するところだったという。

先週の土曜日に予定されていた婚約発表は、表向きには琴音の体調不良により延期という形になっている。つまり婚約自体は宙に浮いたままだった。正臣だけが唯一、久世家の中で真相を知っているのだが、見合いに変更とはいったいどういうことなのだろうか。野宮家の琴音と久世家の正臣との婚約は、琴音が生まれたときから決められていたはずなのに。

「琴音さん。あなた、正臣さんとうまくいっていなかったのですか？」

「それは――」

絹華の詰問に、琴音は返答に窮した。

正臣が琴音に一目惚れしたのだと確かに周囲からは聞かされていたし、昨晩はあんなにも激しく抱かれた。それなのに今日は一転して連絡も取れず、愛の巣でもあった『ラ・ペジーブル・ジャルダン』からも追い出されてしまった。

婚約ではなく見合いにするということは、久世家からこの縁談を断られる可能性もあるということだ。彰彦と絹華はそれを危惧しているのだろう。もしかしたら、正臣の父や母に一連の出来事が漏れてしまったのかもしれない。

「とにかく『穏庭』で今夜、正臣くんと見合いをすることになったから準備をしなさい」

『穏庭』は港区虎ノ門にある高級ホテルだ。国内のホテル御三家のひとつでもあり、野宮家もよく利用する老舗だった。わざわざホテルを対面場所として指定してくることからして、正臣は本気で婚約から見合いに変える気らしい。婚約発表であれば、琴音の誕生日パーティーが野宮家での開催を予定していたように、両家のどちらかで大々的に行われるはずだからだ。

琴音は目の前が真っ暗になったような心地がした。今日の琴音の行動が正臣の逆鱗《げきりん》に触れたことは明らかだった。正臣は自分をきらいになってしまったのだろうか。せっかく想いが通じ合うと思ったところだったのに……。

「――お父さまとお母さまも同席されるのですか？」

かすれた声で問うた琴音に、彰彦と絹華はそろって首を横に振った。

「それが、先方は正臣くんと琴音のふたりきりでいいということなのだ」

本物の見合いであれば立会人も必要だろう。解せないといった態の彰彦の言葉に、琴音がうつむく。琴音には察しがついていた。正臣は縁談を断るのに、最小限の手間で済ませたいに違いない。あえて両家の親を巻き込む面倒をきらったのだろう。スマートな彼のやりそうなことだ。

つまり琴音はこれから、正臣に振られにホテルへ向かうのだ。

あまりのショックから瞳に涙をにじませている琴音の前で、絹華がさっそうと立ちあがった。

「琴音さん。時間がありませんので、支度を手伝います。改めて正臣さんになんとしてでも気に入っていただかなくてはなりませんから、失敗は許されませんよ」

特別な日になるはずだから、使用人には任せられないということだろう。琴音は観念したように重い腰をあげたが、せいぜい正臣の不興を買わない服が選ばれることを願うだけだった。

「……わかりました。よろしくお願いいたしますわ」

彰彦の鋭い視線を受け（同時に重圧も感じながら）、琴音は絹華に続いて衣装部屋に向かったのだった。


黒沢に車で送られてホテル『穏庭』の正面玄関に着いたときには、すっかり空が暗くなっていた。天上では月が輝き、煌《きら》めく星々と共に幻想的な夜を演出している。

腕時計を見れば、五時五十分だった。正臣との約束は六時だったから充分間に合うが、エントランスで鉢合わせする可能性を考慮して、琴音は黒沢を振り返りもせずにすぐさまロビーに駆け込んだ。けれどロビーに入ったところで、おそらく正臣のほうは地下の駐車場から来るだろうから、その可能性が低いことに気づく。

どうやらよほど自分は緊張しているらしい。琴音はその場で深呼吸した。

正臣とは十二階のレストランで会うことになっている。

和のテイストに彩られたフロントを通りすぎ、エレベーターに乗り込む前にいま一度身だしなみのチェックをする。今夜の琴音は薄桃色のドレスを身につけ、長い髪を結いあげて花飾りで留めている。実は絹華に振袖を着せられそうになったのだが、琴音は断った。いい話になりそうにないのに、晴れ着をまとうなんて惨めだと思ったからだ。

エレベーターが十二階に着くと、途端に胸の鼓動が速くなった。

正臣はもう来ているのだろうか……？　琴音はヒールを鳴らしながら、ゆっくりとレストランの入り口に向かった。途中、綾香から着信があったようだが、いまの琴音に出る余裕はない。ビーズバックに手を突っ込み、申し訳ないと思いながらもスマホの電源をオフにした。

フランス料理を出すレストランではもう、大半の席が埋まっており、紳士淑女が楽しそうにテーブルを囲んで食事したり談笑したりしている。

受付で名を告げると、すぐに案内のウェイターがやってきた。彼のあとについて行き着いたテーブルには、既に正臣の姿があった。いつもよりフォーマルなスーツに身を包み、表情の読めない顔でこちらを見つめている。琴音の姿を認めると、正臣は立ちあがった。相変わらずすらりと背が高く、足も長いので、グレイのスーツがよく似合っていた。

「お待たせいたしました」

琴音は小さく頭を下げてから、席についた。正臣が当たり前のように背後に立って椅子を押してくれたが、義務的なように思えて仕方なかった。

正臣は自らも向かいの椅子に腰をおろすと、メニューを見ることなくウェイターに手早くワインと料理をオーダーした。そのスマートな様子に、琴音の胸はきゅんとしてしまう。

しかしウェイターがメニューを持ってさがると、テーブルには果てしない沈黙がおりた。

正臣が即座に別れ話を切り出すと思っていた琴音は拍子抜けしたが、お酒も料理も注文しておいて先に別れ話をされたら、とても飲食する気にはなれないと考え直した。だとしても、こんなにしゃべらない正臣は初めてだった。正臣は両肘をテーブルにつき、組んだ手の上に顎を乗せている。そしてさっきからずっと、ただじっと琴音を見つめているのだった。

この微妙な雰囲気に耐え切れず、気づけば琴音は口を開いてた。

「あ、あの……正臣さん」

「何か？」

正臣は間断なく返事をしたが、その声を冷たく感じた琴音は息を呑む。けれどなんとか振り絞るようにして言葉を紡ぎ出した。

「今朝はその……申し訳ございませんでした」

勝手に正臣の腕の中から抜け出し、何も言わずに『ラ・ペジーブル・ジャルダン』をあとにしたことを謝罪したつもりだったが、正臣はまったく違う観点から言葉を返す。

「君が謝る必要は微塵《みじん》もないよ。君はあのマンションの正式な住人ではないのだから、当然だろう？」

逆に問い返され、琴音は言葉に詰まった。正式な住人ではないと言われ、頬を張られたような気がして自然、顔をうつむかせてしまう。

「……そ、それはそうですね」

「契約は覚えているだろう？」

「契約……？」

思わずぽかんと口を開いて顔をあげた琴音に、正臣がすらすらと内容を口にする。

「俺の婚約者が戻るまでに、俺とルームシェアをすること、俺の婚約者のふりをすることだ」

琴音は正臣の意図がわからず、ただこくりとひとつうなずいた。

正臣が厳しい口調で続けてくる。

「君はその通り契約を履行してくれたが、残念なことに婚約が正式に発表されていない以上、俺には婚約者がいないことになるから、勝手で済まないが、この契約は破棄させてもらった」

琴音は何も言えない。ショックが大きすぎて、口がからからに渇き言葉にならないのだ。やはり正臣は、今朝のことで琴音に見切りをつけたのだろう。

喉が渇いたと思っていると、ちょうどウェイターがワインを運んできた。琴音はグラスに注がれたそれを、すぐさま口腔内に流し込んだ。酸味のある赤紫色の液体が食道を通り抜け、じわりと身体に広がっていく。アルコールが少しだけ彼女を落ち着かせた。

そのあとも正臣は、この場が見合いであることを強調することばかり言い続けるので、琴音はひとりワインのグラスを傾け続けた。シラフではとても聞いていられないと思ったからだ。

酔ってしまえば、いまの傷だけでなく、これから受けることになる傷も少しは軽くなってくれるだろう。なぜなら正臣はまだ、核心に迫る単語を口にしていない。それにさっきから琴音を名前で呼んでくれないのだ。他人行儀に〝君〟と言われ続けるのが、琴音にはつらく感じられた。

「――というわけで、君にきちんと確認しておきたいことがある」

正臣が突如として居住まいを正した。

琴音はびくりと肩を揺らし、持っていたグラスをテーブルに置いた。いよいよそれがきたか……と思った。長い睫毛の下の大きな双眸に、熱いものが込みあげてくる。心の中では、正臣との思い出が走馬燈のようによみがえり、琴音の胸を締めつけていた。

琴音は正臣が次に口を開くより前に、胸の痛みに耐え切れなくなって思わずしゃべり出していた。

「正臣さん……！」

琴音の頬に、つうっと涙の筋が伝っていく。正臣を愛していると気づいてしまった以上、彼と別れることなんてやはり考えられない。別れ話を聞くのもいやだ。高級レストランでみっともないとは思ったけれど、琴音は人目をはばかることなく泣き出した。

「愛していますっ……愛しているんです……！　いままでは自分の気持ちに気づいていなかったんです……！」

正式に縁談を断りにきた相手にすがりつくなんて、惨めで格好悪いことだとはわかっている。けれど酔いの回った琴音は、自分の気持ちを抑えておくことができなかった。

「お願いですから、わたくしを愛してください！」

独白している間、琴音は正臣の顔を見られなかった。おそらく眉間に皺を寄せて迷惑がっているだろうことを、受け入れられそうになかったのだ。言うだけ言ってうつむき、次々に涙が膝に落ちていく様子をただ見つめていた。もう食事だって喉を通らないだろう。

琴音が静かになると、テーブルには再び沈黙がおりた。

「確認だが――」

正臣は琴音の独白などなかったかのように、ふいに話し出した。

琴音の瞳に、ぶわっと大粒の涙が浮かびあがる。正臣とはもう終わりなのだ。抑え切れない気持ちを伝えても、結局は振られてしまうのだ。いますぐにでもこの場から逃げ出したい。

「いろいろ言葉を考えてきたのだが、君がそう言うのであれば、ひと言で済みそうだ」

それはきっと、交際の終わりを示す言葉に違いない。思わず耳をふさぎたくなったが、見苦しく品のない姿をさらしておいて、いまさら席を立つわけにもいかなかった。

琴音は覚悟して、顔をあげた。すると意外なことに、微笑んでいる正臣と目が合う。

なぜだろう……？　深く考える前に、正臣はテーブルの上に手の平サイズの小箱を置いた。外装に黒のベルベットがあしらわれたそれを、琴音に向かって開けてみせる。

琴音は涙のにじんだ赤い目を大きくみはった。

「これは……」

サテンの生地の真ん中に鎮座していたのは、正臣とティファナーで選んだ婚約者のための指輪だった。ブリリアントカットのダイヤモンド。このときは婚約者が正臣だとは知らなかったから、彼の言うことになんの疑いも持たず、自分のサイズで用意させたものだ。

「野宮琴音さん、俺と結婚してくれますか？」

「えっ……え？」

琴音は急転直下の展開に思考が追いつかず、動揺してワイングラスを倒しそうになった。慌てて支えようと伸ばした左手を、正臣に取られる。ワイングラスは揺れるだけに留まった。

「答えは？」

正臣が口の端をあげて笑っている。

「は、はいっ」

忘我の境地にありながらも、琴音は反射的にそう答えていた。

正臣はそれを聞くや否や優しく目を細めると、唖然としたままの琴音の薬指に指輪を滑らせた。きらりと光る立て爪の婚約指輪に、琴音はさっきとは別の意味で泣きそうになった。

「なんで……どうしてです……これはいったい……？」

琴音は涙で視界を曇らせながら、まぶしそうに指輪を見つめつつ、状況が呑み込めずに未だに動揺していた。

「また俺の腕の中から逃げられると困るから、外堀を完璧に埋めさせてもらったんだ」

悪びれもせず言う正臣に、琴音はきょとんと目を瞬かせた。

「そ、外堀とは……?」

「婚約の前段階である見合いにすれば、まず両家が戸惑うだろう? なんとしてでも俺たちを結婚させようとするはずだから、お互いの両親が俺の味方につくことになる」

確かに彰彦も絹華も狼狽して、琴音を送り出す表情にも鬼気迫るものがあった。

「特に君の親を落とすには、それが一番だと思ったのさ。わずらわしい結納とか、正式な手順なんてとても踏んでいられなかったからね」

「……正臣さんの思い通りになりましたわ」

琴音がナプキンで涙をぬぐいながら息をつくと、正臣が面白そうにくっくと喉を鳴らした。

「だろうね。君のお母さんに直接電話したのは俺だから」

正臣はワイングラスに口をつけながら、言葉を続ける。

「あとは君の気持ちだけだった」

「わたくしの……?」

呆気に取られている琴音に、正臣がうなずいた。

「あのときは修羅場だったが、確かに俺を好きだと言ってくれたね」

「は、はい」

三浦との関係を誤解していたときに勢いで告白したことを思い出し（正確には好きでいられる自信がないと言ったのだが……）、愛してほしいとまで自ら口走ったくせに、あまりの恥ずかしさに今すぐ消えてしまいたくなった。けれど正臣は、思ってもみないことを口にした。

「俺も好きだよ、琴音」

急な展開が信じられなくて、琴音はひたすらに目をしばたたいていた。

「俺は写真で前々から琴音のことを知っていたから、あの日尚人の店で会ったとき、すぐに婚約発表直前に逃げ出した婚約者だと気づいたんだ」

正臣が懐かしそうに目を細めた。

「写真から好みの容姿だとは思っていたが、厚かましくも俺の物件を貸してほしいと啖呵《たんか》を切った姿に一目惚れしてね。どうしても手に入れたくなった」

「それで……こんな遠回しなことを？」

呆然とした琴音のつぶやきに、正臣が片目をつぶってみせる。

「俺は仕事もプライベートも手を抜かない主義なんでね。おかげで琴音が俺に恋する過程をじっくり堪能できてよかったと思っている」

「わたくし自身でもなかなか気づけなかったことを、正臣さんは気づいていたのですが？」

「当然だろう？　最初に琴音に恋したのは俺のほうなんだから」

正臣が面白そうに笑う。

「あとはいまの琴音がどれだけ俺との恋に溺れているか、身をもってわかってほしかったのさ」

「だから、わたくしに冷たい態度をとったのですか？」

「そうだね」

眉をひそめた琴音を前に、正臣は余裕の表情でワイングラスを傾けている。

「作戦のひとつだったことには違いない」

にっと口角をあげる正臣に、この半日右往左往させられたことへの怒りをぶつける気にもなれない。

「……おかげさまで正臣さんへの愛に気づけましたけど、『ラ・ペジーブル・ジャルダン』に入れないようにまでするなんて、わたくしとても傷つきましたわ」

「あれは琴音が完全に〝久世〟になるよう仕組んだつもりだったんだけどね」

つまり〝野宮〟姓の琴音はもう入れないという意味だったのだろう。片岡が協力してくれたのだと、正臣が言う。完全にだまされた琴音は、片岡は間違いなく演技派だと思った。

真相がわかったところで、ようやく胸の鼓動が落ち着いてきた。

「では、わたくしのことを急にきらいになったわけではなかったのですね？」

「当たり前だろう。俺が琴音をきらいになんてなれるわけがない」

正臣が再びテーブルの上に乗せていた琴音の手を取り、薬指で光っている指輪を撫でた。琴音の瞳をまっすぐに捉え、熱っぽい視線を向けてくる。

「愛している、琴音。こんなにひとを愛せたことはない」

「正臣さん……」

飲みすぎたお酒のせいで頭の芯がぼうっとなりながらも、琴音は正臣の告白に陶然となった。正臣も自分を愛してくれていたなんてまだ実感が湧かなかったが、薬指で光る指輪がそれを証明してくれた。指輪は照明の光を受け、どんな角度から見ても、きらきらと輝いている。

「これは新しい契約の証だ」

「新しい……契約？」

いまなお放心した様子の琴音の手を、正臣がきゅっと握る。

「ああ。契約の条件は俺の奥さんになって、俺と一生一緒にいることさ」

正臣がにやりと笑い、琴音は微笑んだ。目を細めたので、まなじりに溜まった涙がつうっと頰に筋を作っていく。正臣は身を乗り出して、指の腹でそれをぬぐった。

「これで婚約は成立したのだから、見合いは成功だな」

その言葉で屈辱に耐えた半日や、いままで嘘をつかれていたことを改めて思い出す。

「急にお見合いに変えられたのは本当にショックでしたし、嘘をつかれ続けたことはやはり許せませんわ。正臣さんは筋金入りの意地悪です」

思わず責めるような口調になった琴音。

正臣は素知らぬ顔で、ひゅうっと口笛を吹いた。

「策士と言ってくれないかな」

唖然とした琴音が口を開く前に、正臣がそれよりと話題を強制的に変えた。

「とにかく俺たちは正式に婚約したのだから、今夜は婚約者として俺の傍にいてほしい」

「今夜？」

急な提案に、琴音は戸惑った。彰彦や絹華が心配しているだろうし、綾香も不審に思っているはずだ。できれば今夜は実家に帰り、皆を安心させてあげたい。

「上にプレジデンシャルスイートの部屋を取ってある」

艶めいた声でささやかれ、琴音の頬に朱が走った。プレジデンシャルスイートは、ホテル『穏庭』の最上階にひとつしかない、最高級のスイートルームだ。『穏庭』の上得意である野宮家でさえ使ったことはない。

「一緒に泊まってくれるね？」

確認するように聞いてくる正臣の顔が、少し不安そうに見えた。琴音がそうであったように、正臣もずっと琴音の気持ちが見えず不安だったに違いない。こんな面倒なことまでして、琴音を手に入れようと躍起になっていたのだから。

琴音は胸中で両親と綾香に謝りつつ、正臣に笑顔を向けた。

「もちろんですわ」

正臣がうれしそうに目を細める。握っていた手に力が込められた。

「そう言えば琴音は、『ラ・ペジーブル・ジャルダン』の意味を知ってる？」

唐突な問いかけに、琴音がきょとんとして目を瞬く。

「フランス語ですよね？　あんなに愛着がありましたのに、考えたことはなかったですわ」

「〝穏やかな庭〟さ。このホテルと同じ名前なんだ」

「それでこのホテルを指定したのですか？」

「まあね。結婚の申し込みにはぴったりだと思ってね」

「正臣さん……」

琴音は万感の思いを込めて正臣を見つめた。正臣も琴音を熱っぽく見つめている。

琴音と正臣はそうしてしばらく見つめ合い、互いの気持ちを確かめ合っていた。

話が一段落したところで、次々に料理が運ばれてくる。喉を通りそうでよかったが、今度は別の意味で胸がいっぱいになっていて、やはりあまり食べられないだろうと琴音は思った。


最上階のボタンを押す正臣は、反対の手でしっかりと琴音の手を握っていた。エレベーターの扉が閉まるなり、琴音をぐいっと引き寄せて抱き締めてきた。いとしい温もりとシトラス系のコロンの香りに包まれて、琴音は幸せを実感していた。正臣が好き、愛している。湧きあがる気持ちがとまらない。気づけば琴音は、ぽつりと言葉をこぼしていた。

「まさかこんなおとぎ話のような恋に落ちるとは、思いもしませんでしたわ」

「おとぎ話？」

琴音は不思議そうに聞いてくる正臣を見あげた。

「他人に決められた相手に恋することなんて、おとぎ話でもなければあり得ないと思っていたのです」

ああ……と、正臣はそのときの会話を思い出したようだった。

それは一緒に風呂に入ったときに、琴音が家を出た理由として恋をしてみたかったからと言ったことだった。他人に決められた相手に恋することなんて、おとぎ話でもなければあり得ないと言った琴音に対して、正臣はなぜか笑い出したのだ。

「だからあのとき、俺はつい笑ってしまったんだ」

「なぜです？」

その答えが、ようやく正臣の口から明らかになる。

「俺自身が、他人に決められた相手である琴音に一目惚れしてしまったからだよ」

既に彰彦と絹華から知らされてはいたけれど、改めて聞かされると思わず顔が赤くなってしまう。身体がほてり、熱を持て余す。

「おとぎ話は現実でも存在したのさ」

正臣が琴音のおとがいを上向かせた。キスの予感に、琴音は自然と目を閉じる。

ふいに重ねられた唇は、ちゅっとついばむような口づけだった。もうそれだけでは物足りなく感じるようになってしまった琴音は、唇を突き出して酔いに任せてそれ以上をねだった。

しかし正臣の指先がそれを阻んだ。同時にエレベーターの扉が開く。

「続きは部屋で」

正臣も我慢ができないのだろう。琴音の手を握り直すと、足早に歩き出した。


夜景の見えるベッドを前に、琴音と正臣は熱いキスを交わしていた。広々としたスイートルームの贅沢な空間を堪能しようともせず、二度と離すまいとするかのように、ふたりはさっきからずっと身体をぴったりと寄せ合っている。

「ん……ふ……」

正臣が角度を変えては琴音の唇をついばんでくる。ちゅ、ちゅっと控え目だった唇の立てる音が、やがてくちゅ、くちゅっと淫らな水音のようになっていった。互いの上唇と下唇を吸ったり食んだりしているうちに、唇が濡れて艶を帯びていく。生温かく湿った感触だけで、身体がとろけてしまいそうだ。

正臣はぬるついた舌をゆっくりと琴音の口腔内に挿し込むと、彼女の歯列や歯茎、頬の裏、口蓋などを順に刺激し始めた。ちょんとつつかれたりねっとりとなぶられたりしていると、自然と下肢に熱が溜まり、琴音は腰を無闇にくねらせてしまう。熱を逃がそうと夢中になって口づけに応えれば、ぬるぬると舌と舌が絡まり合った。

「あ……は……んっ……」

息苦しいぐらいの熱いキスによる酩酊感に、頭の芯がぼうっとして、くらくらしてくる。酸素を求めて大きく口を開けば、すかさず正臣の舌が奥深くまで入り込む。逃げる琴音の舌を正臣の舌が追いかけ、混じり合ったふたりの唾液がかき回されて、白く泡立った。

「ん、ぅ……は……っ」

やがて口の端には口腔からあふれた唾液がこぼれ、頰を伝い、顎に向かって落ちていった。

正臣は琴音の腰を抱き寄せながら、もう片方の手を彼女の顎に添える。

「琴音……キスだけなのに、なんていやらしい姿なんだ」

唾液の筋を辿るように、正臣が琴音の口角から頰、顎へとキスを散らしていく。そのたびにちゅっと音を立てられ、耳まで犯されているような気になってくる。

「んんっ……そんなこと、言わないでくださいませ」

琴音はくすぐったそうに首をすくめたが、正臣は逃がしてくれない。結いあげた髪のせいですっかりあらわになっていた琴音の耳にまで唇を這わせ、耳殻をつうっと舐めあげた。瞬間、ぞくりとした悪寒に似た寒気に襲われ、ぶるりと身体を震わせてしまう。

「ひっ……あ、ダメ……っ」

「琴音は耳も弱かったね」

面白がるような正臣のささやきが、琴音の鼓膜を震わせる。彼の重低音の声が心地よく耳に響き、琴音はうっとりと目を細めた。腰が抜けそうになり、立っているのがつらくて、必死になって正臣の首にすがりつくように手を回す。

そのうち、ちゃぷ、ちゅぷっと水音がするようになる。唾液をまとわせた正臣の舌が、ぬるりと琴音の耳元を這い回っていた。イヤリングのついた琴音の耳たぶまでをも丹念に舐め回すものだから、そのたびにしゃらしゃらと音が鳴った。

「ふぁ……あ……や……」

正臣は琴音の耳を愛撫しながら、片手で彼女の花飾りを取った。結いあげていた髪がさらりとこぼれ、琴音の腰の辺りで揺れる。

「——きれいな髪だ。アップも好きだが、やっぱり君にはおろしているときが一番似合う」

正臣が琴音の髪を一房手に取り、そこにも口づけを落とした。紳士的な仕草なのに、今は何もかもがいやらしく感じられ、琴音の心臓は高鳴った。

「では……これからはずっとおろしていますわ」

「いいね。欲望をあおられるよ」

恥ずかしそうに言う琴音を前に、正臣がにっと口角をあげて笑った。

上目遣いに見あげれば、射貫くような正臣の瞳と目が合う。それが合図だったかのように、ふたりは再び唇を重ねていた。

「んぅ……！」

今度は強く押しつけられ、琴音があえぐ。求めるように口を開ければ、すかさず正臣の舌が琴音のそれを捕らえた。くちゅ、くちゅっと舌を絡ませ合っていると、微弱な電流を流されているような気になり、琴音の身体が甘く痺れていく。同時に官能が呼び覚まされ、自身の下腹部が既に湿っていることに気づいてしまう。

正臣が好きで、恋しくて、いとしいから、つながりたい。本能的な欲求に支配され、気づけば琴音は正臣にねだるように身体を擦りつけていた。

「大胆だね、琴音」

正臣が喉の奥をくつくつと鳴らした。相変わらず面白がっているように感じられて、羞恥心が芽生えてきたけれど、彼の手が胸にかかったところで、すぐに恥ずかしさなど打ち消された。

「あ……」

ドレスの上から、正臣が掌で包み込むように琴音の乳房を揉んでくる。じんわりと伝わる正臣の体温が心地よく、琴音は彼にしなだれかかった。すると既に張り詰めていたらしい正臣の怒張が太ももに当たり、琴音は思わず身を引く。

「驚いた？」

顔をあげれば、苦笑している正臣と目が合った。

「琴音が好きで、愛しているから、すぐにこうなってしまうんだよ」

その言葉に、琴音は胸がきゅんと締めつけられた。正臣の気持ちがうれしくて、どう応えようかと考えているうちに、気づけばおそるおそる膨らんだ正臣の下肢に手を伸ばしていた。

「くっ――」

スラックスの中に収まった剛直に触れるや否や、正臣が眉を寄せてうめいた。

「気持ちいいのですか？」

琴音の率直な問いに、正臣がうなずく。

「もちろん。でも無理しなくていいんだよ」

正臣は琴音の手をそっとはずそうとしたが、琴音はそのまま股間を上下にさすった。びくりと、正臣が身体を揺らす。彼の分身はさらに硬さを増したようだった。

「無理などしていませんわ。いつも気持ちよくしてもらってばかりいるんですもの、わたくしにも何かさせてくださいませ」

琴音はそう言うと、その場に膝をついてしゃがみ込んだ。正臣の股間が、ちょうど琴音の目の位置にくる。慌てたのは正臣だった。

「箱入り娘の琴音に奉仕などさせられないよ」

正臣は琴音を立たせようとしたが、琴音は既に両手で正臣のベルトをはずしにかかっていた。

「わたくしは箱入り娘ではございません」

ベルトをはずして、スラックスのチャックを下におろした。正臣の漲りがトランクス越しにあらわになる。琴音は臆することなく、トランクスの合わせ目に手を差し込んだ。

「正臣さんがおっしゃったように、周囲からは箱入り姫と呼ばれておりますの」

「うっ……琴音――」

解放された肉棒が、琴音の眼前にそそり立つ。赤黒い竿には幾筋も血管が走り、亀頭が腹につきそうなほど反り返っていた。鈴口には先走りの透明な液体がにじんでいる。その重厚感に圧倒されたが、これがいつも琴音の中に収まっていたことを思うと、妙に感慨深かった。

温かい陰茎を握れば、どくどくと脈打っていることが直に伝わってくる。

「これが正臣さんですのね」

琴音はゆっくりと竿の部分を擦り始めた。少しだけ弾力のあったそれはすぐに硬くなり、滑らかに手の平に馴染む。

「琴音っ……」

正臣は快感をこらえるかのように前屈みになると、琴音の頭を抱き締めてきた。

「姫君にこんなこと、やっぱりさせられないよ」

琴音が目の前でひざまずいているから、正臣には屈辱的な体勢に見えるらしい。けれど琴音は譲らなかった。正臣の男根を擦るのをやめない。

「わたくしが姫ならば、正臣さんは単なる男ではございませんわ。王子さまです」

正臣は最初から、琴音にとって王子さまのような存在だった。どんなときでもスマートに琴音をエスコートしてくれる。それはセックスのときでも同じだった。

「王子、か」

くくっと、正臣が面白そうに喉を鳴らす。

琴音は姫のようにつんと取り澄ました表情を繕った。

「はい。だから今夜は、姫がちょっとだけ積極的になれる日ですのよ」

「なぜ？」

「正式に婚約したからですわ」

琴音は反対の手で光るエンゲージリングを掲げてみせた。

正臣が諦めたように微笑む。

「……わかった。謹んでお受けしましょう」

ついに折れた正臣は、ようやく琴音に身を任せた。

琴音はにぎった竿を上下に動かしながら、さっきからはち切れんばかりに主張している亀頭に指を這わせていく。ぴくんと反応するそれが可愛くて、最初こそ戸惑っていたはずの琴音の手の動きは、どんどんスムーズになっていった。

鈴口に溜まっていた先走りの液体を親指の腹に馴染ませると、円を描くように先端を押し回した。くにゅりとした亀頭の感触が気持ちよくて、いつまでもいじっていたくなる。

「ああ……うまいよ、琴音」

正臣は深く息をついた。

「本当ですか？」

琴音は嬉々としてそれを続けた。竿を刺激しながら、亀頭に指を這わせる。

「本当だ」

そう言う正臣の呼吸が、わずかに荒くなっていく。

琴音はさらに続けようとしたけれど、次第に鈴口からは蜜のように液体があふれ始め、正臣の雁首はすっかり濡れそぼってしまっていた。手にもべっとりと先走りの透明な液がついている。

きれいにしなくては……そこで琴音はどうするべきか考えた結果、思わず唇を寄せていたのだった。

正臣がすんでのところで気づき、素早く琴音の頭を抑えた。もうあと数寸先に、正臣の先端があった。

「琴音っ、さすがにそこまではさせられないよ。もう充分だから」

そう言って屈み込もうとした正臣を、琴音はとめた。

「いいえ。まだ正臣さんのすべてを知っているとは言えませんもの」

「すべて?」

戸惑ったような正臣の言葉に、琴音は首肯した。

「わたくしは正臣さん自身もちゃんと愛したいのです」

「琴音――」

胸が詰まったような顔で、正臣が見おろしている。琴音はその瞳を見つめながら、ぬめった舌を長く伸ばした。

「うっ……！」

濡れた鈴口を舐め取るように舌を使ってちろちろと動かすと、正臣が顔をくしゃりと歪めた。それは感じてくれている証拠に違いないと、琴音は懸命に舌を這わせていく。

「琴音っ……とても上手だ」

正臣は琴音の長い髪を撫でながら、いとおしそうに彼女の頭を腕で包み込んだ。

琴音のほうはせっせと舌を使って、正臣の雄を舐めることに専念する。裏筋につうっと舌先を走らせると、正臣の身体がひときわ大きくびくびくと震えた。

「琴音――ああ……！」

男性の局部を口にすることなど生涯あり得ないと思っていた琴音だったが、いまは正臣の分身がいとおしくて仕方がない。

「正臣さん……」

吹きかけられた琴音の吐息にも、正臣が敏感に反応する。それがうれしくて、琴音はますます大胆に行動するようになった。

手で竿を擦りながら、舌先で亀頭を舐める。唾液に濡れたそれは愛液をまとったかのようないやらしい光景だった。正臣の肉棒もより長く、より硬く、どんどん形が変わっていく。

正臣のすべてを口にしてしまいたい……やがて琴音は、上下の唇を使って食むように正臣の亀頭を刺激した。ちゅっと吸いあげると、正臣の腰が揺れる。

「それは……やばい」

正臣がささやいたときにはもう、琴音は口を開き、自身の口腔内に彼を収めていた。口の中が正臣でいっぱいになった。

「熱いよ、琴音――」

熱い塊が口の中で萎縮するようにぴくぴくと震えている。舌を使って舐め回すと、それは歓喜するように張りを取り戻した。くちゅ、ぐちゅっと淫猥《いんわい》な音を響かせながら、琴音は口を前後に動かして彼を攻め立てた。

「君の中は……なんて気持ちがいいんだ」

深く息をついた正臣は、琴音の頭を固定するように支えてきた。琴音が口を動かすのに合わせて、ゆるゆると腰を振り始める。

より密接につながったことで、喉の奥にまで正臣の先端が押し込まれる。思わずえづきそうになったけれど、寸前で琴音はこらえた。せっかくの雰囲気を自分から壊したくない。正臣の男根を咥え、彼の期待に応えようと口を窄めた。

「琴音、琴音」

やがて正臣が夢中になって腰を動かしだす。

口腔内で正臣の淫茎が暴れ回り、琴音の口角から唾液があふれてくる。懸命に嚥下しようとするけれど、先走りの液と混じり合ってまったく追いつかない。ぐっぽ、ぐっぽと、

だ。

水音がくぐもってきた。

「は……あ……ん……」

琴音は酸素を求めてあえいだ。口の中は正臣でいっぱいで、さっきから息苦しかったの

その声に感化されたのか、正臣の抽挿が速くなる。

「琴音、琴音……やばいっ」

どうしたのかと見あげれば、正臣は切羽詰まったような顔をしていた。

「このままではいってしまいそうだ。琴音、この辺でもう――」

「いいえ」

琴音はいったん口からペニスを出すと、正臣に向かって毅然と首を振ってみせた。

「どうぞわたくしの口の中でいってくださいませ」

「君にあれを飲ませるわけにはいかないよ」

腰を引こうとする正臣を、琴音は両手を彼の足に回して留めた。

「飲ませてください」

ぎょっとする正臣に、琴音が真摯に言葉を継ぐ。

「正臣さんのすべてが知りたいと、申しあげたはずです」

こうなったら断固として譲らないのが野宮琴音だった。世間知らずだけれど、愛する男性を想う気持ちは、ほかの女性たちと何も変わらないと信じて疑わないのだ。

正臣は結局、最後には根負けした。

「たぶんおいしいものではないから、つらかったら吐き出すんだよ」

確認するように言われ、琴音は殊勝にうなずいた。そして相変わらず目の前でどくどくと脈打っている陰茎をつかむと、再び口腔内に収めていく。少しだけ柔らかくなっていたそこは、琴音の口に入るや否や硬さを取り戻した。

「んむ……」

琴音は竿を手で擦りながら、口でも彼をしごいた。じゅぷ、くぷっと淫らな音を響かせ、正臣を頂点に押しあげていく。

「琴音……！」

正臣は琴音の頭を抱え直すと、自らも腰を振ってきた。

正臣が琴音の喉を亀頭で突くたびに、琴音の顎には彼の陰嚢がぱちぱちと当たる。琴音は空いているほうの手をそこにも伸ばし、揉んだり握ったりしてみた。

「それ……やばいっ」

正臣の呼吸がどんどん荒くなり、興奮が高まっていくのがわかった。

腰の動きが速くなる。琴音もまた頬張った肉棒を激しくしごいた。

正臣は琴音の頭を抱えながら、なんの前触れなく、くっと息を詰めた。

「琴音っ……いくぞ！」

返答の代わりにこくんと琴音がうなずくや否や、正臣の欲望がぱあんと弾けた。琴音の口の中に精液がほとばしり、唾液と混じり合って口角から白濁がこぼれ出てくる。琴音は正臣を咥え込んだまま、懸命に喉を動かし、それを嚥下した。

「んく……んんっ——」

一心不乱になって精液を飲み込み続けていたので、うまく味わえたのかどうかはわからない。でもどうしようもなく心地よく、琴音は充足感に包まれる。

「大丈夫？」

正臣が琴音の肩を支えて立たせてくれた。

心配そうにこちらをうかがう正臣に、琴音は微笑んでみせる。

「大丈夫ですわ。愛するひとのものですもの……とても満足しております」

「琴音——！」

正臣は感じ入ったように琴音を強く抱き締める。

琴音も正臣の背中に腕を回して抱き締め返したが、物足りなさにすぐ手を離した。

「正臣さん、わたくし……もう我慢ができません」

熱っぽい視線を向けてくる琴音に、正臣が目をみはる。今日の琴音は酔っているせいもあるのか、ずいぶんと大胆だ。

さっきから正臣を愛撫しながら、お腹の下に熱が溜まって仕方がなかった。正臣のものを口にしつつも、こっそりと足を擦り合わせていたほどだ。早く正臣に抱かれたい。

それを伝えるように見つめると、正臣がふっと口角をあげた。

「俺もだ。早く琴音とひとつになりたい」

正臣は甘くささやき、琴音の顎を上向かせた。ちゅっとついばむように口づけると、すぐに口腔内に舌を挿入してくる。むさぼるようなキスは腰が砕けそうになるほど甘美な刺激を伴い、唇を離したときにはエロティックな銀糸がふたりをつないでいた。

「琴音……」

正臣は琴音の首筋に顔を埋めた。柔肌を舐められ、琴音の肌が総毛立つ。

「あ、ん……っ」

首筋から鎖骨へとキスを散らしながら、正臣は背中に回した手で琴音のドレスのフックをはずした。次いでチャックを下ろしていく。肩から腕にかけて抜き去ると、完全にドレスは床に落ちた。あとには下着をまとっただけの、扇情的な琴音の姿が残る。

正臣もまたジャケットを脱ぎ捨て、ネクタイをほどくと、シャツのボタンをすべてはずした。

琴音は正臣の首に腕を回し、もどかしげに腰を揺らめかせた。

もっともっと、素肌で彼を感じたい……琴音の心の声が伝わったのか、正臣はすぐさまブラジャーのホックもはずす。あらわになった乳房を筋肉質な正臣の胸板に押しつけると、ふたりの鼓動が重なり合うような気がした。何度も身体を交じえて慣れているはずなのに、どちらも緊張しているのか、心臓はとくとくと早鐘を叩いている。

そうしてしばらく互いを感じたあと、正臣はおもむろに琴音を横抱きにかかえた。キングサイズの大きなベッドに琴音を横たえると、シャツを脱いで琴音の上に覆い被さってきた。

鍛え抜かれた正臣の上半身にうっとりと魅入っている暇もなく、正臣が白い双丘に顔を寄せてくる。既につんと勃ちあがった乳首を頂く乳房を片手で押しあげると、赤い実を口に含み、丹念に舌で転がし始めた。

「あんっ……んん、は……！」

ぞくりとした快感が体内を駆け巡り、琴音の声が高くなっていく。

正臣は空いているほうの手で、もう片方の乳房を揉む。形が変わるぐらい指先で強くわしづかみにされ、その疼痛に琴音の呼吸が乱れる。

「あ、あ……正臣さ、ん……っ」

「琴音。いつ見ても君の身体はきれいだ」

正臣は甘い言葉をささやきながら、舌で琴音の上半身を舐め回した。胸元から腹部、ヘソの中にまで舌を入れられ、思わず琴音の腰が浮いてしまう。

「すべて俺のものだ」

正臣がいとおしそうに琴音の肌を撫でてくる。ぞくぞくする刺激に肌を粟立たせながら、琴音は自らも正臣の胸元に手を這わせていた。

「正臣さんも、すべてわたくしのものですわ」

そう言ったら、正臣はうれしそうに目を細めてくれた。

「琴音……そんな君が好きだよ、愛している」

「正臣さん……わたくしも好きですわ。もちろん愛しております」

正臣はきゅっと琴音を抱き締めると、すぐに愛撫を再開した。ちゅっ、ちゅっと唇を鳴らしながら、琴音の肌のあちこちにしばらく消えないような赤い痕を残していく。それはもう彼のものである証のような気がして、琴音の心はさらに昂ぶった。

正臣は琴音の胸から手を離すと、腰のラインを辿ってゆっくりと臀部に手を這わせてきた。下着の上から尻肉をつかまれ、琴音はぴくぴくと身体を跳ねさせた。

「んんっ……そんな、焦らさないでくださいませ――」

琴音はもじもじと足を擦り合わせた。股間が熱くて、早く正臣に触れてほしいとねだっているみたいだ。けれど正臣はすぐにパンティに手をかけることはせず、太ももを撫でたり、臀部をさすったりと、琴音を悶々とさせた。

ようやくクロッチに手が伸びてきた頃には、琴音のそこはすっかり濡れてしまっていた。

「琴音。一度も触っていないのに、もうびしょびしょじゃあないか」

くつくつと、正臣が喉を鳴らして笑う。それは彼が面白がっているときの癖だ。

「そんなこと、言わないでくださいませ……！」

すると意外にも、正臣は琴音をからかうことをやめ、なんの前触れなくパンティを足から抜き去った。クロッチから糸が引いたことに加え、一糸まとわぬ姿になったことがいまさら恥ずかしくなり、琴音は手で胸元と股間を隠した。そんな琴音の片足をかかえあげ、正臣が秘部をうかがうように顔を近づけてくる。

「琴音。それじゃあまるで、ひとりエッチしているみたいだよ」

「えっ……！」

淡い茂みを隠すように伸ばした手の先は、確かに花芯にかかり、自分で慰めているように見えなくもない。琴音は慌てて手をはずそうとしたけれど、正臣がそうさせてはくれなかった。

「どれだけ琴音が俺に感じていたか、触ってみせて」

「そ、そんな……」

琴音はふるふると首を横に振ったが、正臣のほうは真剣だった。いつもなら笑っているところなのに。彼は本気で、自分が琴音をどう感じさせていたか知りたいのだろう。

「今でも既に濡れて光っているのはわかるけど、どうなっているのかよく見せて欲しい」

「う——は、はい……」

琴音は顔を真っ赤にしながら、そろそろと指を伸ばして秘裂に這わせた。じっとりと濡れたそこはつるつる滑り、花びらも花芯も蜜口も愛撫の必要がないほど潤っているようだった。一度も触られなかった箇所がこんなになっているとは、自分でも呆れてしまう。

「広げて見せて」

さらなる要求に琴音はぎょっとしたが、ベッドの上での正臣の命令には逆らえないことを身をもって知っている。琴音は羞恥に目を閉じたまま、指先でくぱあと割れ目を開い

た。濡れたひだが糸を引き、きらきらと光っている。

正臣が思わずといった態で、感嘆の声を漏らした。

「すごいよ、琴音。こんなにもはしたなく蜜を垂らしていたなんて」

「い、言わないでくださいませ！」

琴音は陰部に伸ばしていた手を引っ込めると、いやいやするように首を横に振った。こんなに淫らな女は妻として失格だろうか……そう懸念した琴音だったが、それはほんの一瞬のことだった。

「ああ、琴音……ますます君がいとおしくなったよ」

正臣の甘い声に、琴音は陶然となった。

「正臣さん……早く、つながりたいですわ」

すがるように見あげれば、正臣も同意するようにうなずく。彼はスラックスとトランクスを脱いで床に放ると、琴音の足の間に身体を割り込ませた。

「琴音。愛している、愛しているんだ」

「ああ……正臣さん――」

熱っぽくささやかれ、琴音は恍惚とした表情で正臣の首に腕を回した。

正臣の灼熱の楔が、琴音の蜜口にあてがわれる。

「ん――！」

すっかり濡れそぼっていた秘孔はなんなく正臣を受け入れ、にゅるりと亀頭を呑み込んだ。正臣が腰を入れ、さらに根元まで剛直を押し込んでいく。

「んあああっ」

媚肉を擦る感覚が、たとえようもないほど気持ちがいい。ず、ずずっと隘路を掻き分け、正臣の熱杭がついに琴音の中を貫いた。

正臣が、はあはあと息を切らせている。

「琴音っ……君の中が熱い――！」

「正臣さんっ……あなたのものも――！」

琴音の中は、今やぱんぱんに正臣のもので埋められていた。彼が少しでも動くだけで、とろけるような快楽が生まれてくる。琴音にはもう、この愉悦に抗う術はなかった。

「ああっ、琴音！」

正臣が腰を動かし始めた。すでに昂ぶっているのか、最初から激しく奥を突かれる。

「あんっ、や、はんっ、正臣さぁんっ、ああ！」

ぐちゅん、ずちゅんと、蜜口からは愛液がとめどなくあふれてきていた。

「ふぁあっ、ああっ、気持ちいい、気持ちいいのっ」

正臣の亀頭が琴音の一番気持ちいい部分を擦りあげ、琴音がわななく。つるりとしこったそこが突かれるたびに、身体の奥からどうしようもない悦びが湧きあがる。

「琴音っ……君はなんて強く締めつけてくるんだ！」

「そ、んなこと、言われてもっ……あ、ああんっ」

ずっちゅ、ぐっちゅと、正臣は自らの雄を先端まで引いては奥まで突き入れる動作を繰り返していた。喪失感と充足感が交互に訪れ、琴音はもうわけがわからない。

「ああんっ、ダメ、ああっ、気持ちいい、もう、もう――――!」

絶頂の予感に、ぶるりと身体を震わせた。

ぱん、ぱんっと、正臣はなおも激しく腰を打ちつけてくる。

「琴音っ、ああ――琴音、好きだ、愛している……!」

上にいる正臣の汗が、琴音の顔にぽたぽたと落ちてきた。それすらいとおしくて、琴音は無我夢中で彼の首にしがみついていた。

「わたくしもですっ……わたくしも、わたくしも正臣さんが好き……愛しております!」

正臣が激しく琴音の唇を吸ってきた。肉厚の舌で口腔内を蹂躙してくる。

「んんぅ! んむっ、んんっ、は、あ――――!」

吐息が混じり合い、汗が混じり合い、なにもかも正臣と一緒に溶けてしまえればいいのにと、琴音は沸騰しそうな頭の中で思っていた。

「琴音、いくぞ……!」

「はい、わたくしもっ……もう――――」

正臣はいっそう抽挿を速めてきた。ずっくんずっくんと奥を穿たれ、琴音は限界だった。

「くぅっ――――!」

正臣が息を詰めた瞬間、琴音は絶頂に飛ばされた。視界が暗転し、がくがくと身体を震

わせ、四肢の末端に至るまでびくびくと跳ね回る。

同時に、正臣は琴音の中で吐精していた。蠕動運動を始めた琴音の膣道が、正臣の精液を最奥へ誘うようにうごめきだす。子宮がきゅんきゅんと甘く痺れる。

ふたりははあはあと荒く息を弾ませながら、汗まみれの顔で見つめ合った。

「琴音……愛している」

「正臣さん……わたくしも愛しておりますわ」

ちゅっと、正臣が唇を重ねてきた。琴音は目を閉じてそれを受け入れる。

ふたりはその後、何度も何度も愛をささやき合いながら、愛を確かめ続けたのだった。

終章　ここが我が家ですのね……！

ざああっと、葉擦れの音とともに桜の花びらが舞った。

三月、澄み渡った晴れの空の下、清涼女子大学は卒業式の日を迎えていた。

色とりどりの袴姿の女子学生が多く行き交う正門近くに、琴音と綾香の姿があった。琴音は臙脂《えんじ》色の袴に薄紫色の小振袖を合わせており、綾香は成人式のときにも着たという空色の振袖に紺色の袴を合わせていた。ふたりとも、卒業証書の入った黒い筒を持っている。

「思い返してみれば、四年間なんてあっと言う間だったね」

「本当ですわ。あら、この写真は素敵ですわね」

「どれ……確かに！」

琴音のデジタルカメラで撮影した写真を最初から見直していたふたりは、一枚の写真に目をとめる。それは琴音と綾香が桜の木の前でポーズを取っているものだった。まるで姉妹のようなふたりの周囲を花びらが舞い、とてもきれいに写っていた。

「じゃあ、このデータ、私にもちょうだいね」

「もちろんですわ」

琴音は請け合う。綾香は携帯で写真を撮っていたから、引き伸ばしたときにどうしても画像が粗くなってしまうのだ。友情の証にふたりでそろいの写真を持とうという話になり、ようやく選んだ一枚がそれだった。

「綾香。四年間、あなたのおかげで楽しい学生生活をすごすことができましたわ」

「いまさら何言ってるの。私だって同じ気持ちよ、琴音」

涙がこぼれた卒業式を思い出し、ふたりの目が再び潤んでくる。

「これで最後じゃないんだから！　明日だって会おうと思えば会えるんだし」

綾香がハンカチで目元をぬぐった。

琴音もそれにならう。

「そうですわね。でも今日、おふたりは入籍するのでしょう？」

琴音の言葉に、普段は冷静な綾香の頬にさっと朱が走った。

「ま、まあね。琴音たちを見て、感化されちゃったのよ」

「なら、しばらくはふたりの時間が優先されるから、会えませんわね」

琴音が皮肉を言うと、綾香はますます顔を赤くした。

「そ、それは――」

「噂をすれば……ですわ」

綾香が慌てて言い訳しようとしていると、人混みの中からひとりの男性が近づいてきた。そばかすの浮いた顔に、人好きのする笑みを浮かべている。

「綾香、琴音さん」

三浦だった。ちょうど水曜だったから店が休みなのだろう、ジーンズにジャケットというラフな格好をしている。三浦は当然のように綾香の隣に立つと、彼女の荷物を受け取り、琴音のほうに向き直った。

「卒業おめでとう」

「ありがとうございます。でも、おふたりのほうがおめでたいですわ」

三浦に礼を述べるも、琴音はそう冷やかした。いつも平然としている綾香の慌てぶりが可愛くて、つい意地悪したくなってしまうのだ。少しだけ寂しい気持ちもそれを増長していた。

三浦と綾香は顔を見合わせ、ふたりして真っ赤になる。

「では、わたくしは先に行きますわね。また連絡をくださいませ」

「うん、すぐに連絡するから」

琴音は綾香と握手してから、ふたりをその場に残して正門へと歩き始めた。

正門前には二台の車が停まっていた。どちらも黒塗りで威圧感があるうえに、傍に立つひとたちが余計に近寄りがたい雰囲気をかもし出している。琴音は思わず笑みをこぼした。

「琴音、卒業おめでとう」

「琴音さん、卒業おめでとうございます」

最初に声をかけてきたのは、彰彦と絹華だった。ふたりとも着物姿で、彰彦のほうは仕事を休んでまで卒業式にやってきていた。

さらに黒沢が一歩うしろに立ち、琴音に向かって頭をさげる。

「お嬢さ――いえ、琴音さま。卒業おめでとうございました」

「ありがとうございます、お父さま、お母さま。そして黒沢も」

いつもなら後部座席のドアを開ける黒沢だったが、もうその必要はない。なぜなら――。

「琴音」

柔らかな重低音が耳に届き、琴音が振り返った。そこには今日も見事にスーツを着こなしている正臣の姿があった。すらりとした高身長の彼を、通りすぎる女学生たちがうらやましそうに見つめていった。

正臣はそんなことなど微塵も構うことなく、琴音の肩に腕を回して抱き寄せた。

「卒業おめでとう」

琴音が持つ荷物をすべて取りあげ、表情を険しくする。

「無理はしなかっただろうね？」

もう何度も言い含められたことだったから、琴音はうんざりしたが、従順にうなずいた。

「大丈夫ですわ。病気ではないのですから」

これも何度も返した言葉だったが、正臣は聞く耳を持っていなかった。すぐさま助手席のドアを開け、琴音を促す。早く休ませたがっているのが透けて見えるようだった。

「お父さま、お母さま。ではまた近いうちに、そちらに伺いますわ」

琴音の言葉に、彰彦と絹華はわずかに寂しそうな顔をした。けれど思い直したように、正臣に声をかける。

「正臣くん、琴音のことを頼んだよ」

「何かあったらすぐに連絡をくださいね。女のほうが理解できることもありますから」

「お任せください」

正臣は紳士的に礼をすると、琴音を助手席に乗せ、自らも運転席に乗り込んだ。クラクションを鳴らして、車が発進する。琴音は窓を開けると、どんどん遠ざかっていく両親が見えなくなるまで手を振り続けた。


『ラ・ペジーブル・ジャルダン』の玄関ホールに入ると、片岡が笑顔を向けてきた。

「お帰りなさいませ、久世さま」

「ただいま帰りましたわ」

琴音が微笑むと、片岡がカウンター越しに声をかけてくる。

「お身体の調子はいかがですか？」

誰もがこの質問をするので、今日も琴音はやはりうんざりしてしまうのだが、心配してくれているのだと思うと無下にはできなかった。

「順調ですわ。もう安定期に入りますもの」

琴音がふっくらとしてきた腹部に手を当てると、片岡が目尻に皺を刻んだ。

「楽しみですね。もう性別はわかっていらっしゃるのですか?」

「ええ。でも知らずに楽しみとして取っておこうと、正臣さんと話しておりますの」

「俺がなんだって?」

荷物を持った正臣がエントランスのドアを開けて現れる。琴音の持っていたものだけでなく、買ったばかりとおぼしきベビー用品もいくつか抱えていた。

「愛していると言っていたのですわ」

琴音がそうごまかすと、正臣は一瞬だけはにかんだが、すぐに元の厳しい表情に戻った。

「琴音、すぐに部屋に入るように言っただろう? お腹を冷やすんじゃないよ」

「わかっておりますわ」

琴音は正臣の過保護っぷりにもう飽き飽きしていたけれど、素直に彼の言葉に従った。片岡に手を振って別れを告げると、エレベーターホールに向かう。

正臣がボタンを押すと、すぐに扉が開いた。正臣は琴音に扉が当たらないよう押さえ、彼女を先に乗せる。妊娠がわかってから、正臣はどんなところでも琴音に害が及ばないようこうして気を遣ってくれる。そんな正臣がいとおしくて、エレベーターが五階に到着するまでの間、琴音は背伸びして彼の頬にちゅっと口づけた。

「いつもありがとうございます、旦那さま」

「どういたしまして、奥さま」

正臣も琴音の頬にキスをしようとして……誤ったふりをして唇を重ねてきた。

「ん――」

最初にエレベーターの中でキスをして以来、ふたりは密室に閉じ込められると、つい情欲を駆り立てられてしまうのだ。

正臣が舌を入れてきたので、琴音は慌てて彼から離れた。

「こんなところでダメですわ」

「じゃあ早く家に入ろう」

エレベーターが五階に着く。正臣は乗ったときと同じように扉を押さえ、琴音を先におろした。鍵を出した琴音に続き、正臣がドアの前にやってくる。

「ここが我が家ですのね……！」

琴音が感慨深い様子でつぶやいた。最初は契約ルームシェアから始まった正臣との生活。いつの間にか彼は恋人になり、今では夫となっている。『ラ・ペジーブル・ジャルダン』が生涯の家になるなんて、あのときは思いもしなかった。その名の通り穏やかな庭のように心地のいい我が家だった。

「そうだよ。俺たちの愛の巣だ」

ドアが開き、琴音と正臣は中に足を踏み入れた。パタンと閉まったドアの向こうで、ふたりは今日も熱いキスを交わしている。

それは間違いなく、現実にあったおとぎ話――。


〈了〉

あとがき

このたびは数ある乙女系小説の中から拙作を選んでお買い上げくださり、誠にありがとうございました。本作が少しでもお気に召していただけましたら幸いです。

本作が紙書籍のデビュー作となるため、初めましての方が多いと思います。改めまして〈御子柴くれは〉と申します。普段はフリーライターとして、また電子書籍界隈の作家として活動しております。

今回、投稿サイトに掲載していた作品がきっかけで、大変ありがたいことに蜜夢文庫さまにて紙書籍化していただく運びとなりました。自著を紙書籍にすることは、小説家になりたいと思ってからの夢であり目標でしたので、幸運にもご縁をいただけた竹書房の蜜夢文庫さま及び担当してくださったパブリッシングリンクさまには感謝してもしきれません。十年越しの夢が叶いました。本当にありがとうございました。

末筆ながら失礼いたします。ここで謝辞を述べさせてください。

本作をイメージしやすいように素敵なイラストをつけてくださった〈上原た壱〉さま。想像以上にイケメンな正臣とお嬢様然とした琴音を描いていただき、ありがとうございました。本作ご購入の方のほとんどは表紙を気に入って買ってくださったことと思います。上原先生のご尽力に改めまして感謝申し上げます。ありがとうございました。

担当さま。すべての作業が初めての私に懇切丁寧にご指導くださり、本当にありがとうございました。お忙しい中、ご迷惑をおかけし続けましたこと、心よりお詫び申し上げます。それにもかかわらず、発売まで辛抱強くお付き合いくださいましたこと、こちらも心より感謝申し上げます。

家族や友人、知人。病院の先生方など。病気持ちの私をいつも支えてくれ、最後まで信じてくれたこと、とても心強かったです。ありがとうございました。これからも何卒、よろしくお願いいたします。

この物語を本にするにあたり、携わってくださったすべての皆さま、本当にありがとうございます。

最後に拙作をご購入くださった読者さまに。琴音と正臣の物語はいかがでしたでしょうか。私の紙書籍デビュー作である乙女系小説にここまでお付き合いくださいましたこと、感謝の言葉しかございません。本当に本当にありがとうございました。次回もどこかでお会いできることを祈っております。

二〇一八年九月吉日

御子柴くれは　拝

セレブ社長と偽装結婚

箱入り姫は甘く疼いて!?

２０１８年9月２９日　初版第一刷発行

著……御子柴くれは
画……上原た壱
編集……株式会社パブリッシングリンク
ブックデザイン……しおざわりな
（ムシカゴグラフィクス）
本文ＤＴＰ……ＩＤＲ

発行人……後藤明信
発行……株式会社竹書房
〒102-0072　東京都千代田区飯田橋２－７－３
電話　03-3264-1576（代表）
03-3234-6208（編集）
http://www.takeshobo.co.jp
印刷・製本……中央精版印刷株式会社

ISBN978-4-8019-1610-4　C0193
Printed in JAPAN